愛と追憶の泥《ぬか》濘《るみ》

坂井希久子

幻冬舎文庫

愛と追憶の泥濘《ぬかるみ》

目次

ぬるい風が頬を嬲《なぶ》る。干潮時の船揚げ場は、磯臭い。

係留された漁船の陰から陰へと身を隠しているうちに、放置された破れ網に引っかかって、危うく転びそうになった。

気づけば手のひらと膝が泥だらけだ。少年は刺し網が吊るされた網小屋に身を隠す。

心臓が、耳の中に移動したみたいに高く鳴っていた。山の向こうに沈んでいった太陽の、残照がゆっくりと散ってゆく。

軽薄な笑い声と、浮かれた気配。奴らがこっちに近づいてくる。

少年は見つからないように、両手でしっかりと口を押さえた。

第一章　秘密

一

私もあんまり好きじゃないから、大丈夫です。

とっさにそう答えていた。

海風に髪が煽《あお》られる。ライトアップされた横浜赤レンガ倉庫が春の宵に、幻想的に浮かび上がっている。そんなロマンチシズムを背景に、なにを口走っているのだろう。

だけど、この人を逃したくはない。

「むしろキスとかハグとか手を繋いで眠るとか、それだけで充分っていうか」

我ながら、必死すぎる。海を眺めながらのロマンチックな告白が、こんなことになってしまって残念だ。それでも柿谷莉歩は言いつのる。

「もちろん、私に対してそういう気にならないなら、しょうがない、です、けど」

しどろもどろになりながら、上目遣いに宮田博之を見遣《みや》る。

この人が、自分にまったく気がないとは思えない。二人っきりの食事は三回目。お酒に酔って、一度だけ軽いキスをした。直前に食べた、山羊《やぎ》のチーズのにおいがした。

博之の端整な顔が霞んで見えるのは、勢いづけにワインを飲みすぎたせいか。笑顔は爽やかなのに、真顔になると目元に荒《すさ》んだような色気が滲《にじ》む。そこがたまらなく好きだった。黒い海がたぷんたぷんと波を送る。体を支えるようにして、博之が波止場の柵をグッと掴む。少し傾けた首と、肩にかけてのラインも好きだ。

王子様だと思ったの。

二十七歳の女にしては、幼稚すぎる発想だと自覚している。でもはじめに莉歩を見つけてくれたのは、この人だった。

「柿谷さん、なに言ってるか分かってる？」

博之が、かすれた声で聞き返す。もちろんです。なんでもないことのように、莉歩はにっこりと微笑《ほほえ》んだ。

「今はそういうカップルも多いって聞きますし」

「でもさ、つき合ってから、やっぱり物足りないってなるかもしれないよ」

「なりません。だってそれがすべてじゃないでしょう？」

「すべてじゃないけど、大事なことではあると思う」

博之の声は低く、心の襞《ひだ》にするりと絡みつく。つき合ってくださいと迫る莉歩に事実を告げたときも、彼の口調はひどく落ち着いていた。

「私、実は感動しているんです」

莉歩は両手をぐっと握る。この人の心に、響く言葉を届けなきゃいけない。なにを言えばいいのか分からないから、すべてさらけ出すことにした。

「断るならべつに、嘘をついたっていいじゃないですか。なのにわざわざ言いにくいことを言ってくれた。宮田さんの誠意に比べたらそんなもの、全然大したことじゃないんです」

EDなんて、と口の中だけで呟く。二回目のデートでキスまでしておきながら、真っ直ぐに帰されたわけが今なら分かる。

「本当に、行為自体はそんなに好きじゃないんです。しなくていいならそれに越したことはない、みたいな。あ、もちろん宮田さんが治療したいと思うなら、お手伝いします」

心理的ストレスや生活習慣——原因はよく分からないが、博之はまだ三十三歳だ。機能を取り戻したいと悩んでいるかもしれないと思い直す。

「お手伝い？」

博之がふっと頬を緩める。莉歩は「はい」と頷いた。

「でも好きじゃないんでしょ？」

「あんまり、です。だけど宮田さんのことは、大好きです」

遠くで船の汽笛が鳴る。仰ぎ見る存在だった博之を、今までよりも身近に感じていた。私にも、この人にしてあげられることがある。見守ってあげる、手を貸してあげる、許してあげる、それでも好きと囁いてあげる。なんだってしてあげられる。

だから、私を選んでほしい。

祈りを込めて博之を見つめる。小動物のようだと、昔誰かに言われた目で。

自分から好きになって、自分からアプローチをしたのははじめてだった。もう、相手に流されるような恋愛はしたくない。幸せは、自分の手で摑むものだ。

博之は少し居心地が悪そうに、もぞもぞと重心を置き替える。それから照れたように微笑んだ。

「うん、俺も感動してる」

神様！

すぐさま両手を開いて世界を祝福したい気分だ。ミュージカルなら脈絡もなく歌い踊り出すところ。

ハレルヤ！　健やかなるときも病めるときも、目の前にいるこの人を全身全霊で愛し、慰め、真心を尽くすことを誓います。

二

キーンコーン、カーンコーン。

始業チャイムの残響がまだ耳に残っているうちに、図書室の前方の扉が無遠慮に開いた。

「六時間目は自習にします。あとはよろしくお願いします」

曽根原先生の生気のない目を前にして、またかと思う。後ろに引き連れているのは2－Bの生徒たちだろう。よそのクラスはもう授業が始まっているというのに、彼らは南国の鳥のように喧《やかま》しい。

男子は学ラン、女子はブレザーに臙脂《えんじ》のリボン。決められた枠の中で少しでも個性を出そうと細部を改造してみたり、だらしなくボタンを開けてみたり、つまらないことに腐心しがちな中学生だ。

莉歩が帰り支度をしていたことになど気づかずに、生徒たちはぞろぞろと群れをなして入ってくる。そんな彼らに罪はない。莉歩も学生のころは教師や学校職員の勤務形態など気にも留めなかった。学校司書が非常勤の事務職員で、横浜市では一日六時間までしか働けないことなど知る由もない。

本日の勤務時間はすでに終わっていた。六時間目まで見るとなると、サービス残業になってしまう。

「あの、困ります」

生徒たちに聞こえないよう、声をひそめる。曽根原先生は身長がひょろりと高く、必然的に伸び上がる格好になってしまう。顎の下には剃り残しの髭が目立ち、曇った眼鏡をかけている。チェック柄のワイシャツの襟からは、ほのかに煤《すす》けたようなにおいがした。

「こういうことは、前もって言っていただかないと。勤務時間の調整がありますから」

「水曜、金曜は遅くまで開いてるじゃないですか」

それは放課後の図書室開放に合わせて遅めに出勤しているからだし、今日は月曜日だ。ゴールデンウィーク明けで体がだるいのは分かる。でも自分の授業には責任を持っていただきたい。

「次からは、せめて前日までには言ってください」

「はぁ、そっすね」

曽根原先生の視線がちらりと胸元をかすめる。なにかと思えばブラウスが胸のボリュームに押し上げられて、ボタンとボタンの間に隙間ができていた。下にキャミソールを着ているから見えやしないが、こういう視線はほんの一瞬でも粘り気があって、気持ち悪い。

パイオツカイデーのチャンネー。曽根原先生に、裏でそう呼ばれていることは知っている。

古い業界用語をあえて使って、莉歩を馬鹿にしているのだと思う。

今どきの教師は激務である。教科担当、校務分掌、担任、副担、部活顧問、生徒指導。夜の十時に学校にかかってきた保護者からのクレーム電話に出られないと、「なんで帰ってるのよ!」と火に油を注ぐことになる。この学校には教員免許を持つ司書教諭が配置されているが、業務が煩雑すぎて図書教育に割ける時間はほんのわずかなため、そのぶんを非常勤の莉歩がカバーしている状態だ。

曽根原先生は四十代。二十数年の教師生活の中で人としての心をすり減らしてしまったのか、なにごとにも無気力に、手を抜きながら生きている。彼から見れば莉歩はいかにも浮ついていて悩みなどなさそうな「チャンネー」で、少しくらいの面倒事は押しつけてもいい対象なのだろう。

「じゃ、そうゆうことで」

スリッパをペタペタと引きずりながら、曽根原先生は背中越しに手を上げて去ってゆく。この空いた時間を社会科準備室で寝て過ごすのか、こっそり外出するつもりなのか。いずれにせよ自習なら課題を用意しておくべきで、図書室に丸投げというのはあまりにひどい。何度も注意はしているのに、いっこうに改善されないあたり、ずいぶん見くびられたものである。

小柄、童顔、胸が大きい。曽根原先生にかぎらず、莉歩はあらゆる世代の男女から侮られやすい。前職でも女性上司からひどいパワハラを受け、七キロも痩せて退職した。彼女の口癖は、「それ可愛いと思ってるの？」だった。ファンシーな文房具やフリルのついた服や笑いかた、ちょっと首を傾《かし》げただけでも「首据わってないの？」と責められる。最終的には莉歩が息をしていることすら気に食わないようだった。

それから家に引きこもり、どうにか次の仕事を見つけようという気になるまで一年。「莉歩ちゃん、司書の資格持ってるじゃない」と母親に勧められ、横浜市の学校司書採用候補者募集に応募した。

雇用期間は年度末まで。勤務成績がよければ更新もあるが、上限は四回。実家だからどうにかやっていけるだけのお給料。子供たちに「先生」と呼ばれてはいても教師ではないから職員室に席はなく、朝礼や会議の内容は伝わらない。中には図書教育をあからさまに軽んじている教師もいて、そういうクラスでは朝読書の時間が自習に充てられたりしてしまう。この仕事自体かなり軽んじられているが、耳の傍《そば》で日常的に、上司のヒステリックな怒鳴り声を聞かずに済むだけマシだった。

莉歩が赴任した当初、図書室はまるで物置のようだった。長年窓が開けられたことがないのか埃っぽく、照明器具も壁も黄ばんでやけに薄暗く見えた。無造作に積まれていた段ボール箱を開けてみると、入荷したまま忘れられていたらしい本が、分類番号のラベルすら貼られずに放置されていた。

そのころに比べたら、図書室は格段によくなった。昼休み以外は鍵がかけられていたドアも、莉歩がいるかぎりは出入りが自由だ。蔵書の整理をして模様替えを進めるうちに、貸出冊数は右肩上がりに増えてゆく。教師にヒアリングをして授業に必要な本を選び、調べ学習も盛んになった。

それでも待遇が改善されることはないし、曽根原先生のように図書室をいいように使おうとする人も出てくる。あまりにも報われないなと、二年目の更新をどうしようか迷っていたときに、莉歩に目を向けてくれたのが博之だった。

司書教諭に先導されて図書室に入ってきた博之は、いかにも営業然としたスーツ姿だった。教師のスーツがただ漫然と着ているだけのものなら、博之のそれは他者からどう見られるかを熟慮した結果だった。

定期的にジョギングでもしているのか頬は精悍《せいかん》に引き締まり、カットしたてのように髪が整っている。物腰は柔らかく自信に満ちて、ひと目で仕事のできる人だと分かった。夫ある身の五十路の司書教諭も舞い上がって、彼の来意を上手く説明できない。スマートな動作で差し出された名刺は、教育業界最大手のベネライズのものだった。

学校コンサルティング営業部。教育現場に寄り添い聞き取りを続けながら、それぞれに合った学習計画の提案、ツールの紹介といったサポートをしてゆく部署だという。そう説明されてもなお、非常勤職員にすぎない莉歩になんの用があるのか分からなかった。

「図書室の利用者数と、貸出冊数のグラフを見せていただきました」

博之は机の上にてきぱきと、莉歩が作成したグラフのコピーを広げてゆく。十二月の時点で、年度初めと比べて、利用者数は約三倍、貸出冊数は五倍以上になっていた。

「こういうデータを見ると、学校司書はやはり専任で置くべきだと考えさせられますね」

爽やかな笑顔を浮かべ、博之は目についたものを評価してゆく。書架のレイアウト、授業の進行に合わせてさりげなく入れ替えている資料棚、その月の企画棚のテーマは「十代のうちに読んでおきたい本、十選」だった。

人気本コーナーはただのランキングにならないように関連本も展示して、軽い読み物から少しずつ世界を広げていけるように作ってある。ラノベも美少女系はどうかと思うが、評価の高いものは実際に読んで入れてあり、一部からの批判はあっても貸出率はやはり高い。

「いい図書室ですね。ちゃんと空気が動いているのが分かります」

そんなことを言ってくれたのは、博之がはじめてだった。

学校というのは呆れるほど保守的で、学校図書館法の改正により全校に学校司書を配置するよう努めることが定められたとはいえ、教師でもない人間に内部をいじられるのは嫌らしい。図書室の運営に手が割けないことを残念に思っていた司書教諭の中村先生が段取りをつけてくれなければ、蔵書管理と貸出業務だけで毎日が過ぎていったことだろう。

「それでですね、今度先生がたのご要望で、調べ学習用のワークシートを作成することになりまして。よろしければ司書さんのご意見を聞かせていただきたいんです」

「意見？」

そんなものが、なぜ求められるのか分からなかった。莉歩の意見はたいていの場合、無視されるか、はじめからなかったもののように扱われるかの、どちらかだった。両親からは愛されてはいるが、ペットのように与えられてばかりいる。過去につき合った数少ない恋人たちも、莉歩に人格を求めているようには見えなかった。

だから莉歩は、考えることを放棄してきた。周りに合わせていれば責められず、表面上は上手くやってゆくことができたから。学生時代の女友達からはちょっとなに考えてるか分からないと陰口を叩かれたけど、積極的に仲間はずれにはされなかった。

「ええ。現場に一番近い人の声を聞くのは、当然のことでしょう」

それは、博之にとっては常識だったのかもしれない。でも莉歩にとっては青天の霹靂《へきれき》で、胸の動悸が博之の甘い視線と絡み合い、まるで落とし穴にでも嵌《は》まるように、すとんと恋に落ちていた。

三

「今から帰る」というやり取りをＬＩＮＥ上で交わしていても、鍵穴に鍵が差し込まれる音に、胸が躍る。じっとしていられずに玄関まで出迎える自分を犬みたいだと思うが、優しい顔で頭を撫でてくれるから、べつに嫌がられてはいないはずだ。

「ごめん、ちょっと遅くなった」

博之の、ネクタイを緩める仕草が好き。手首の骨の出っ張りが大きくて、少し無骨なのもいい。営業担当区域が神奈川県全域だから、遠方の中学校をまとめて回るときは泊まりになることも多い。今日は相模原から直帰だったそうだ。

「ふふ、塩ラーメン」

「え、なに？」

「首筋のにおい」

「ああ、汗かいたから。ごめん、臭いね」

「少し。でも平気」

中学時代の、男子が着替えた後の教室はあんなに嫌だったのに。暑苦しくて噎《む》せそうで逃げ場がなくて、肺に入ってしまった空気を掻き出したいほど気持ち悪かった。

でも博之の汗は嫌じゃない。いいにおいだとも思わないが、なぜかずっと嗅いでいられる。デオドラントに気を遣っている本人は不服らしく「ちょっと、あんまり近寄らないで」と牽制してくるのを、無視して首根っこに抱きついた。

保土ケ谷にある1LDKのマンションは、物が増えすぎるのがストレスと博之が言うだけあって、こざっぱりとしている。洋服や本は収納スペースが厳密に決められていて、そこから少しでもはみ出すようになるとすぐ整理して処分してしまうそうだ。

莉歩はなかなか物を捨てられない。断捨離が流行《はや》ったときも、またいつか使うかもしれないと思うと、捨てようとする手が鈍った。まだ使えるものを捨てるのは、どことなく罪悪感がある。

「でも物が多いと、フットワークが重くなる気がしない？」と博之は言う。「いつか使うかもしれない」は、「もう二度と使わない」と同じ意味なんだよと。そういうものかと、思いきって、クローゼットから溢れそうになっていた洋服を半分に減らしてみると、たしかに体が軽くなったようだ。

「この間俺が捨てた服、近所のおじさんが着てるの見かけて気まずかったけどね」

そういうこともあるから気をつけて、と博之は笑った。

一方で、テレビに繋いであるスピーカーはかなりいいものだ。5・1chサラウンドシステム。これで映画を観るのが好きだったりする。靴は三足までと決めているくせに、スピーカーが五つもあるのは少し滑稽で、そのアンバランスさすら愛おしい。

「今日ね、生徒に彼氏できた？　って聞かれちゃった」

寝室で着替えを済ませて出てきた博之の気配を背後に感じながら、莉歩は味噌汁の鍋を掻き回す。具は豆腐とワカメ。それ以外を博之は味噌汁と認めない。

「ふぅん、なんで？」

ふんぞり返って料理が出てくるのを待つ男もいるが、博之はそうじゃない。あたりまえのように吊り戸棚を開けて、汁椀や茶碗の準備をする。

彼は自分でも料理をする人だけど、調理器具は必要最低限、食器はすべて一人分しか揃っていなかった。莉歩がしょっちゅう出入りするようになってから、いつの間にか食器は二人分になっていて、物を増やすのが嫌いな人なのにと、嬉しくて泣きそうになってしまった。

博之は莉歩のために、少しだけ重荷を背負ってくれたのだ。

「髪を巻いてたからだって。中学生って侮れないね」

甘く見られがちだから、職場ではシャープに見えるように髪をひっ詰めていた。今日はたまたまゴールデンウィークに博之と伊香保に行った余韻を引きずっていて、それが滲み出てしまったのだ。

「莉歩のお気に入りの、図書委員の子？」

「ううん。六時間目に図書室を使ったクラスの、女の子」

その子から「リホちゃん」呼ばわりされていることは、なんとなく秘密だ。

そうやって懐いてくれるのは嬉しいし、だからこそ教師には言えない悩みを打ち明けてくれることもある。でも歳上の友達のような感覚で、無遠慮に踏み込んでこられると困る。

「ねぇ、はじめてってどんくらい痛いの？　リホちゃんはいつだった？　子供産むのは鼻からスイカ出す感じっていうじゃん、あれはどんな感じか譬《たと》えてみて」

彼女のもっぱらの関心は、大学生の彼氏の求めに応じていいのかどうかということ。中学生に手を出す大学生なんてろくでもないからやめたほうがいいというのが本音だが、本人は真面目につき合っているつもりだから下手なことは言えない。へそを曲げてよからぬほうに走ってしまわないように、それとなく断る方向へと誘導している。

「インフルエンザになって鼻に長い綿棒入れられたことない？　あれの五十倍は痛いかな」

「ええーっ、マジかぁ。あたしアレ嫌いなんだよねぇ」

「うん、だからせめて中学卒業まで待ってもらおう。本当に好きなら待ってくれるよ」

生徒とこんな会話をしていることは、なるべくなら知られたくない。大人の女性として尊敬を集められる人間でありたいのに、子供たちにすら威厳を示すことができずにいる。

「あ、これ旨い」

リビングのローテーブルに料理を並べ、向かい合わせでいただきますを言う。アスパラガスの春巻をひと口齧《かじ》り、博之が頬を持ち上げた。

「ホント？　ネットで見かけて作ってみたんだけど。うん、アスパラの風味が閉じ込められてて美味しいね」

引きこもっている一年のうちに、母親が「気晴らしに一緒にご飯でも作らない？」と誘ってくれたおかげで料理の腕は格段に上がった。再就職が無理ならお見合いをさせて専業主婦という道もある。そのためには料理くらい仕込んでおかなきゃという母心だったのだろう。それまで莉歩はカレーとシチューと目玉焼きくらいしか作れない娘だった。

「ありがとう、莉歩も仕事帰りなのに」

「ううん。私はどうせ早めに終わるし」

六時間目まで残業をする羽目になったとはいえ、十五時半には授業は終わる。そのぶんお金にはならないが、一般企業勤務に比べれば時間は余るほど。忙しい博之を気遣って、週に何度かは食事を作りに来るようになった。

　恋人同士になって、もうすぐ二ヵ月。莉歩の口調から敬語が取れ、はじめはくすぐったかった名前呼びもようやく板についてきた。博之には慣れるどころか、新しい一面を発見するたびに嬉しくてたまらなくなる。

　たとえば家では眼鏡だったり、目玉焼きにはケチャップ派だったり、お風呂で鼻歌が出てしまったり、足の巻き爪で悩んでいたりする。

　好きな色は緑。戦隊ヒーローごっこで弟に赤レンジャーを譲ってあげているうちになんとなく、という理由が優しい。映画は意外にゾンビものが大好きで、最も尊敬する人はジョージ・A・ロメロ。そのくせラブロマンスにも弱くて涙もろい。

　海老は好きだけど蝦蛄《しゃこ》は嫌い、美味しいお店をよく知っているわりに本当はなめ茸とご飯があれば生きていけると思っている、椅子より床派でどうしてもソファを背もたれにラグに座ってしまい、食事は大皿から取るよりも個別で皿に盛りたいタイプ、眠るときは真っ暗じゃないと寝つけない。

　もっとだ、もっと博之のことを知りたい。子供のころの夢とか友達の話、初恋の思い出――はちょっと妬《や》けちゃうからやめておこう。

　こんなになにもかも知りたいなんて、はじめてのことで戸惑っている。もういっそ博之と溶け合って、一つになってしまいたい。そのためにはこの体がすごく邪魔で、くっついたり離れたりが自在のアメーバみたいなものに、すぐさま生まれ変われたらいいのにと思う。

ご飯作ってくれたんだから、洗い物は俺の仕事。

博之はいつもそう言って、後片づけをすべて負担しようとする。だけど一人でリビングに残されても手持ち無沙汰だし、博之が恋しくなるからキッチンまでついてゆく。するとしょうがないなぁという感じで、「じゃあお皿拭いてくれる?」と頼まれるのが好きだ。

食後は博之が淹《い》れてくれたコーヒーを飲む。ミルは電動だけど、本格的なネルドリップ。休日の朝なら時間をかけてゴリゴリと、手で挽《ひ》いているのだという。

注ぎ口の細いコーヒーケトルを手に、粉が蒸れるタイミングを見計らっている博之の眼差しが素敵だから、どちらかといえば苦手だったコーヒーもブラックで飲めるようになった。マグカップはファイヤーキング。これも博之のこだわりだ。持ち物が少ない代わりに、好きなものだけが厳選されている。

「莉歩、こっちおいで」

テレビをつけると、博之がよく観ているバラエティー番組をやっていた。莉歩は促されるままに、恋人の膝の間に座る。博之はスキンシップが好きなようで、テレビを観るときはたいていこの体勢だ。もっともそれが映画になると、ソファに並んで座ることになるのだけれど。

「ほら、あすなろ抱き」

「ふふ、なにそれ」

「え、知らない？『あすなろ白書』。昔流行ったドラマなんだけど」

「タイトルは知ってる」

「そっかぁ、そういう年代かぁ」

六つの歳の差があるから、話題はたまに噛み合わない。それもまた楽しいと思えるのは、今が幸せだからだ。同じ経験なんかしていなくてもいい。これから先の道のりを、共に歩んでいけるのなら。

「莉歩は抱き心地がいいよなぁ」

博之の温もりに包まれているだけで、お腹の辺りがふつふつと沸き立って叫び出したくなるほど幸せなのに、耳元に頬ずりをされて体中が熱くなる。抱きすくめてくる腕に手を添えて、莉歩は博之に身を委ねた。

お笑い芸人の気の利いたツッコミに、博之がははは声を上げて笑う。よく通る低い声。テレビが面白くても莉歩はくすりとしか笑えないが、博之はよく哄笑《こうしょう》している。一人でいてもそうらしく、案外賑やかな人なんだなと驚いた。

だけど、せっかくいい雰囲気なのに。

そう思っているのは自分だけなのだろうか。お互いの体は密着しているし、博之の腕は莉歩の発達した胸の上を横切っている。それなのに、本来ならお尻に感じるであろう、あのコリッとした異物の感触がない。

何度も肌を重ねた相手なら、これしきのことで反応がなくても気にしない。でも博之はまだ、莉歩の体を知らないのだ。

コンプレックスは多いけど、そそる体だとは思う。肌は白く柔らかく、ほどよい肉づきと豊かな胸。大学時代の恋人は、手を繋いだだけで「やべ、勃《た》っちった」と言っていた。お前、体エロすぎんだろ。好むと好まざるとにかかわらず、異性からはそう見られるのが普通だった。

だからはじめてこの部屋に来て、人目を気にせずじゃれ合ったときには、その股間の静けさに、ああ本当なんだと頭が冷えてしまった。EDだと告げられてはいても、欲しくもないのに男たちの好奇の目を集めてきたこの体ならいけるんじゃないかと、驕《おご》るところがあったのだ。

それでもゴールデンウィークの旅行までは、まだ裸を見せ合ってはいなかった。男性は視覚から興奮を得るというし、肌をさらして抱き合えば、まだ可能性はあるはずだ。博之が予約してくれた宿は露天風呂つきの客室であり、あちらもそれを期待してのことだろうと思っていた。

結論から先に言えば、惨敗だった。湯船で互いの体をまさぐりはしたものの、博之は沈黙したまま。舌を使おうとしたら止められて、代わりに博之も舌を使おうとしたが、それは莉歩が嫌がった。博之に快感を覚えてもらわなければ意味がない。莉歩はまだ「イく」という感覚を味わったことがなく、どちらかというとセックスは男のものだという認識があった。そうだ、セックスのスイッチはいつだって男が持っていた。早朝でもあちらがその気になれば、夢の中から引きずり出されてつき合わされる。海に行ったときは沖で浮き輪に摑まりながら挿入されたこともあったし、友達と雑魚寝《ざこね》をしているときに始められたこともあった。莉歩の「やめて」という抗議の声は、スイッチが入ってしまった男には届かなかった。

意思を無視され求められることに慣れていたから、「ごめんね」と博之に謝られたのが悲しかった。セックスなんてなくてもいいと言ったのは自分だ。それでも一応試みて、やはりダメだったというだけの話。博之が傷つくことなんて、なにもなかった。

「莉歩のこと好きだから、できるかもと思ったんだけどなぁ」

その言葉だけで充分だった。

「いいよ、その代わり今日は裸のままくっついて寝よう。ほら、すごく気持ちいいよ」

「うん、ありがとう。莉歩、優しいね。本当にありがとう」

寝息を立てはじめたのは、博之のほうが早かった。

二十歳《はたち》過ぎたら早いよと笑ったのは、当時のバイト先の先輩だった。莉歩は十九歳で、誕生日を三日後に控えていた。社員の男性がそれを聞いて、三十過ぎたらもっと早いってと笑った。

時間は無慈悲に過ぎてゆく。

バラエティー番組のエンドロールが流れるのを見て、壁掛け時計に目を遣った。午後十一時、莉歩は「そろそろ」と博之の顔色を窺う。

「ああ、帰る？　分かった、気をつけて」

未練を感じさせない淡泊さで、絡みついていた腕がするりと解かれた。

「泊まってけば」と、博之は言わない。莉歩が実家住まいだからというのはあるが、いい大人なんだから少しくらいの外泊は大目に見てくれるはず。博之の「だって実家でしょ」は、莉歩の両親への配慮というより、言い訳に聞こえる。

通い慣れつつあるこの部屋で、朝を迎えたことはない。バッグに忍ばせてある携帯用のメイク落とし化粧水は、またもや出番がなさそうだ。旅先で一夜を過ごした後だからもう平気かと思ったのに、まだ信用されていないのだろうか。

無理に迫ったりはしないし、できなくても責めはしない。奉仕を求めるわけでもなく、ただ一緒にいたいだけ。そういうものだと分かってくれれば、博之だって楽になるはずなのに。どれだけ言えば伝わるのだろう。

「待って、俺もコンビニ行く」

床に置いたバッグを取って「じゃ」と玄関に向かいかけると、思い出したように後を追ってくる。買わなきゃいけないものなんて特にないのだろうけど、駅まで送るための口実だ。愛されていないわけじゃないと思う。

「あ、財布」チノパンのポケットを叩いて、博之が寝室に引き返す。まだ莉歩が足を踏み入れたことのない領域だ。合鍵を渡されているからどこにでも入っていいのだろうが、その部屋には博之の手で招き入れてほしかった。

「お待たせ」

先に靴を履いて待っていた莉歩に、博之は腰を屈めてキスをする。唇の先が触れるだけの軽いキス。体の奥がとろ火で炙《あぶ》られたようになる深いキスは、あまりしない。

「ちょっと、それやめて」

ついでに二の腕を揉まれ、莉歩は「もう」と身をよじる。

「ごめん、ごめん」博之は悪びれない。「だって、気持ちいいからさ」

二の腕はちょっとプニッとしてるくらいがいいって。そう言われても、モデル体型に憧れのある莉歩は素直に喜べない。コンプレックスとはそういうもので、人から気にしないと言われても、すんなりとは受け入れられないのだ。博之にとってのEDも、そういった類のものだろうか。

外に出ると、嘘のように涼しかった。夏日といってもこの時期は、大気が冷えるのも早い。肌の表面を、さわりと撫でる風が心地よかった。

星はなく、どこからか夜の底を這うようなオケラの鳴き声が聞こえてくる。保土ケ谷駅まではたらたらと急な下り坂が続いており、これをまた上って帰る博之の労力を思いやって、莉歩はその手をぎゅっと握った。

「俺、明日明後日は実家泊まりだから」

「そう、分かった」

博之の地元は真鶴《まなづる》だ。小田原と湯河原に挟まれた、小さな港町。莉歩は生まれも育ちも神奈川だが、まだ一度も行ったことがない。海と山に挟まれたせせこましい町だよと博之は苦笑する。実家は真鶴港の近くで酒屋を営んでいるらしく、県南西部に出張の折には宿代わりに使っていた。

「美味しいお魚、食べてきてね」

「うん、それだけが取り柄だから」

いいな、私も行ってみたい。喉元まで出かかった言葉を呑み下す。実家に連れて行ってほしいとせがんでいるようには受け取られたくなかった。

博之が、どこまで先を考えているのかは分からない。でも実弟はすでに地元で結婚して酒屋を継いでいるというから、年齢を考えても家族の間でそういう話題が出ないはずはない。莉歩の家では父親はまだなにも勘づいていないようだが、母親はおそらく気づいている。

大学のときの、ユッコっていたでしょ。あの子から久しぶりに連絡があって、一緒に温泉行くことになったから。

そんな見え見えの嘘にも、目をつむってくれたはず。二人きりで旅行するほど仲のいい友達なんて、莉歩にはいない。

「そう、楽しんでおいで。お父さんにお土産《みやげ》買ってきてあげてね」という含みのある言いかたが、すべてを物語っていた。

人間関係のリハビリ。母親は莉歩の今の仕事をそう呼んでいる。その間にいい人を見つけて、あとはパートでもしながら家計を支えてゆけばいいと考えている。まるでそうしないと生きていけない保護動物みたいに。結婚の話が出ずにつき合いだけがずるずると続くことになれば、そのうち出しゃばってくるだろう。

取り繕わずに言うならば、莉歩だって二十代のうちに結婚はしておきたい。八月に誕生日を迎えれば二十八。砂時計の砂は待ったなしで目減りしてゆく。図書室に遊びに来る女の子たちの、無自覚な若さが眩《まぶ》しくてたまらない。

「青臭いね」と、博之が呟く。公園の脇の道路に差しかかっていた。

「うん、初夏だね」

富士見台公園というからには、ここから富士山が見えることもあるのだろう。昼の間に日光を溜め込んだ植物たちが、いっせいに息吹を放っている。むっとするほどの濃い生気。男の人の、あれのにおいに似ている。

「なんか圧倒されるよな」

この季節の植物は、はしたない。満開のツツジもよく見ればめしべが突き出て天を仰ぎ、もの欲しげに濡れている。力強くてあけすけで、博之にはうるさすぎるのだ。莉歩はさりげなく自分の二の腕をつまんでみる。

「ん、どうした?」

「ううん、なんでも」

焦っちゃいけない、私たちはまだこれからだ。頭の中でさらさらさらと砂の落ちてゆく音が聞こえた気がしたけれど、頭を振って追い出した。

四

スマホを忘れたことに気づいたのは、日付が変わってからだった。

菊名の自宅に帰ってゆっくりとお風呂に浸かり、寝る前に博之に宛てておやすみのメッセージを打とうとした。だがバッグに入っているはずのそれが見当たらず、「ない！」と軽いパニックに陥った。

アスパラガスの春巻の作りかたを確認しようと、博之の部屋で取り出したのは覚えている。それ以来見ていないから、そのまま置いてきたのだろう。

博之は忘れ物を見つけただろうか。ロック解除のパスワードは彼の誕生日。どんな謎解きよりも簡単だ。見られて困るものはないが、旅行のときの動画がアルバムに残っている。朝早くに目が覚めて、すぐそこにあった寝顔に舞い上がり、シャッター音の出るカメラではなくビデオを回した。博之はたぶん、気づいていない。

そんなものを見られたらそうとう恥ずかしく、それ以前に、人のスマホを勝手に見るという行為自体が嫌かもしれない。見られていたら、幻滅とまではいかなくてもけっこうショックだと思う。

「ねぇ、二本柳くん。もしかして鉛筆でお弁当食べようとしてる?」

忘れたスマホに固執して午前中を悶々と過ごした莉歩は、男子生徒の暴挙を目の当《ま》たりにして、現実に引き戻された。

横浜市の公立中学校には給食がなく、今後も導入される見込みはない。昼食は家から持参か、事前予約の配達弁当、当日注文できる業者弁当の三択である。ちなみに配達弁当も業者弁当も、評判はあまりよろしくない。

「はい、箸を忘れました」

二本柳くんは真顔で頷く。3－Dの生徒で、博之の言う「莉歩のお気に入り」だ。贔屓《ひいき》をしているつもりはないが、学校の中で共に過ごす時間が誰よりも長いのはこの男の子だった。

「言ってよ。スプーンならあるから」

まだ使ってないから大丈夫よ、と差し出す。高校時代から家にある、スプーンとフォークのカトラリーセット。あのころはなぜかお箸で食べるよりそのほうが可愛いということになっていて、一緒にお弁当を食べていた女子グループはみんなスプーンとフォークだった。

「すみません、お借りします」

軽く会釈をし、二本柳くんはスプーンを受け取る。

間違っても、クラスの中心ではしゃぐようなタイプではない。「大人しい」とも「暗い」とも違う、「物静かな」男の子だ。物腰が落ち着いていて、騒々しい中学生男子の中に交じると異質に感じられるほどだった。

そのせいなのか、一年生のときはほぼ不登校。莉歩が赴任してきた二年次からは、図書室登校をしている。

授業で図書室が使われるときは図書準備室で、それ以外のときは図書室で自主学習をしており、それでも不思議と邪魔にはならない。むしろ積極的に返却本の整理やバーコード貼りなどの手伝いをしてくれ、助かっていることのほうが多かった。三年生になってからは、正式に図書委員として働いてもらっている。

教師でもカウンセラーでもない莉歩に図書室登校の生徒の監督は荷が重いと思っていたが、二本柳くんはいじめで悩んでいるわけでも、非行に走っているわけでもなく、成績もいい。こんな手のかからない子がなぜ。疑問に思って尋ねた図書室登校の理由は、なんとなく教室に行く気がしなくてという、漠然としたものだった。

「ミッフィーちゃん」

六人掛けのテーブルに向かい合わせで座っていた二本柳くんが、弁当を食べる手を止めて呟いた。莉歩は「え、なに?」と問い返す。

「お好きなんですか？」

「ああ」スプーンの柄についている、イラストのことだった。子供っぽいと思われただろうか。

「それ、ずっと昔からうちにあるの。変に物持ちがよくてね」

珍しいことに、この「いつか使うかも」は日の目を見た。こういう成功体験があるせいで、ますます物が捨てづらくなってしまうのだ。

「二本柳くんは好きなの？」

「まさか」簡潔に答えるわりに、ミッフィーに「ちゃん」をつけてしまうところが可愛かった。

こういう立場の男子生徒は、同世代の女子からは関心を持たれないことが多いものだが、昼休みの図書室では明らかに二本柳くん目当てと思われる下級生をちらほらと見かける。決して派手ではないけれど、目立つ子だ。彼の周りは清らかな水の膜が張られているみたいに、静かだった。

四時間目終了のチャイムから、数分が経過している。二人きりの静けさは、いとも簡単に破られる。

「リホちん、聞いてぇ」

騒々しい足音と共に、女子生徒が駆け込んでくる。2－Bの浅倉さん。大学生の彼氏がいるという、例の子だ。テーブルに菓子パンの入ったコンビニの袋を置く。昼休みの外出は禁止されているから、登校時に買ってきたのだろう。

「カレシの部屋にさぁ、女物のヘアピン落ちてたら、それって浮気だよね」

「浅倉、うるさい。あと図書室は、飯を食うところじゃない」

「めっちゃ弁当食べながら言われたくないんですけどぉ。あ、パイセン、から揚げ一つください」

「いいけど冷食だぞ」

「やったぁ」

浅倉さんは頓着なくから揚げを指でつまみ、ひと口で頬張った。彼氏の浮気問題よりも、から揚げのカロリーが一時的に優先されてしまったらしい。

「え、部屋に行ったの？」

昨日の今日で、なぜそんな展開になっているのか。体を許すのは中学卒業まで待ってもらおうという結論に、達したつもりでいたのだが。

「だって、来い来いうるさいんだもん。そしたらベッドの脚のところにヘアピンがさぁ」

「いや、ダメでしょ行っちゃ」

「そうなの？　リホちんは彼氏の部屋行かないの？」

答えようがなくて、曖昧に微笑む。行っても色っぽいことなどなにも起こらないのだとは、とても言えない。

浅倉さんは派手なグループにいるわけではなく、目立った校則違反もしていない。どちらかといえば容姿は大人しめ、小柄でもち肌で胸の発育がいい。つまり莉歩にタイプが似ている。だからとてもよく分かる。この子はロリ系が好きな大人にもててしまう。

「しかもさぁ、これなにって聞いたら、妹のだって言うんだよ。どう思う？」

ゴールデンウィークに、田舎から妹が遊びに来た。事実の可能性もあるが、勘だけで言えば完全に黒だ。話を聞いているかぎり、その大学生が浅倉さんに一途《いちず》だとは思えない。

「ちなみに、これがそのヘアピンです」

「なんでつけてるの」

浅倉さんが耳にかかっていた髪を掻き上げる。ピンクの花のモチーフがついた、シルバーのアメピンだった。

「なにこれって聞いてんのに、『欲しかったらやるよ』だって。頭きたからもらって帰った。スマホも見せてくれないしさぁ」

「スマホって、見せるものなの？」

「やましいことがなければ見せるっしょ」

二〇〇〇年代生まれの発想には、ついていけない。スマホもだが、どうして浮気相手ののかもしれないへアピンを、平気でつけていられるのだろう。

「ねぇ、リホちんならどうする、問い詰める？　彼氏、浮気しない？」

「それはない、かな」

当惑のあまり、まともに答えてしまった。博之はとてももてるだろうけど、少なくとも浮気の心配はない。その点では恵まれているのかもしれなかった。

「パイセンは、どう思いますかぁ」

「浅倉、もう答えは出てる。信じられないと思う男はやめとけ」

「はぁ、だよね」

大騒ぎしたわりに、浅倉さんはあっさりと頷いた。急に冷めた眼差しになって、クリームパンの袋を破る。このドライさが現代っ子なのだろうか。

「恋愛ごときで、よくそんなに騒げるよな」

なにげなく放たれた二本柳くんのひと言は、莉歩の耳にも痛かった。

約束もしていないのに、合鍵を使うのは後ろめたい。仕事帰りに保土ヶ谷のマンションに立ち寄った莉歩は、小声で「お邪魔しまぁす」と断ってから中に入った。

博之のいない部屋はどこかよそよそしい。スマホを確保したらすぐに帰ろうと、なぜか足音を忍ばせる。忘れ物に気づいていれば、テーブルの上にでも置いてあるだろう。どうか、恋人のスマホを盗み見ることに抵抗のない人じゃありませんように。

祈るような気持ちでリビングを覗く。だがテーブルの上にスマホはなく、代わりにあったのはDVDのパッケージだった。きつめの顔の白衣の女性が、胸をはだけて微笑んでいる。

『痴女ナース寸止め地獄』というタイトルが露骨で、アダルト作品なのは明白だった。

「なにこれ？」

喉元にまで、心臓の鼓動が突き上げてくる。なぜこんなものが、博之の部屋にあるのだろう。

震える手で開けてみると、中身がなかった。這うようにしてテレビの前まで行き、プレイヤーのボタンを押す。同じタイトルのディスクがトレイから吐き出されてきた。

パッケージがあるから、レンタルじゃない。誰かが貸してくれて、義理で観たとか？　でも過激な動画はネットでいくらでも観られるというし、今どきこんなものを貸し借りする大人がいるのだろうか。

だとしたら、博之の私物？　まだEDを発症する前に買ってあったとか。でもそれをなぜ、わざわざ引っ張り出してきたのだろう。

うるさく鳴る胸を押さえ、莉歩は落ち着けと己に言い聞かせる。

そう、リハビリかもしれない。やっぱり私に申し訳ないと思って、試みようとしたのかも。それならひと言、言ってくれれば、いくらでもつき合ったのに。できればこんなものじゃなく、私で興奮してほしい。

ああ、でもこの女優さん、私にちっとも似てないや。本当はこういう顔が好きなのかな。キリッとした綺麗めで、胸はあるけどスレンダー。

あれ、じゃあ私じゃダメってこと？　この女優さんになら反応するの？　そもそも博之って、いったいいつからEDなんだっけ。

とりとめのない疑問が頭の中を巡ってゆく。昼間の浅倉さんの質問が、小悪魔的な響きを伴いリフレインされた。

ねぇ、リホちんならどうする、問い詰める？

莉歩はパッケージとディスクを見比べて、それぞれを元あった場所に戻しておいた。

第二章　欲望

一

胸騒ぎがするほどの、甘い香りが鼻腔をくすぐる。

美容院帰りだから、普段使いじゃないシャンプーがふいに香ったのかと思った。でも違う。人工ののっぺりと均《なら》されたにおいではなく、細かな繊毛の手触《てざわ》りまで感じさせるこれは。

「無花果《いちじく》」と呟いて、莉歩は周りを見回した。

民家のブロック塀を乗り越えて、特徴的な枝葉が突き出ている。人の手のように五つに分かれた葉の下には、緑色の、硬そうな実が生《な》っていた。

まだこんなに小さいのに。感心とも怯《おび》えとも取れる感情を胸に、果実を見上げて立ちつくす。

たしか無花果は、実の中に花を咲かせるんだっけ。中心に詰まっている粒々が、花だと聞いたことがある。そのせいだろうか、無花果は他の果実よりも強烈に、妖しい香りを発している。

食べて、食べて。私を食べて。熟すとそのメッセージはいっそう傲慢になり、虫も獣も酔わされる。まるで放埒《ほうらつ》な女のようだ。

頭の中に豊満なバストを露出した、白衣の女の微笑みが浮かぶ。博之の部屋で見てしまった、ＤＶＤのパッケージ。「桃川はるな」という女優名を覚えておいて後で検索してみると、どうやら三年前の作品だった。

そのころ博之は三十歳。まだＥＤになってはいなかったのだろうか。

あれからすでに三週間が経《た》ったというのに、博之を問い詰めることもできず莉歩は一人で悶々としている。誰かに相談したいけど、でもいったい誰に？　プライベートな事柄を話し合える友達なんていやしないし、ましてや母親に話せるはずもない。

だったらもう見なかったことにして、心の奥の秘密の箱に仕舞っておこう。忘れ物のスマホはソファの背と座面の間に入り込んでいたから、莉歩がそれを取りに部屋に入ったことに博之も気づいてはいないだろう。

そう思うのだが、秘密の箱の蓋は緩いらしく、すぐにパカリと開いてしまう。それは仕事中でもお構いなしで、図書室で自習をしている二本柳くんに「大丈夫ですか、顔真っ赤ですよ」と心配される始末である。

どういうつもりで、あんなものを観ていたの？

たったそれだけの疑問が、吐き出さずにいると淀んで腐り、じくじくと洩《も》れ出してきそうだった。忌々しい。どうして世の中にはこんなにも、煽情的な女の裸が溢れているのか。あんな汚らしい、大勢の目に触れることを前提としたセックスで、興奮できる男たちがいるのだろうか。

莉歩は未成熟な無花果に向かって手を伸ばす。わずかに手が届かずに、背伸びをしかけて我に返った。

私ったら、人様のものになんてことを。小学生のとき、クラスで育てていたヘチマを上級生にことごとく叩き落とされ、そういう人間には絶対なるまいと胸に誓ったはずなのに。

莉歩は首を振り、よからぬ思考を追い出した。それよりも急がないと。これから博之と、映画を観る約束をしている。

横浜駅西口十三時。莉歩の通う美容院も最寄り駅は横浜だが、住宅街のほうに入るので少し歩く。駅近くの美容院はお洒落《しゃれ》なのはいいが、その多くがガラス張りで、客がディスプレイのように扱われるのが嫌だった。

デートくらいでしか履かない七センチヒールでせかせかと歩く。歩幅が狭く、回転数を上げないと距離が稼げない。脇目も振らずに歩いてゆく。

そんな莉歩の視界の端を、小さな違和感がかすめていった。なにか、見過ごしてはいけないもの。顔をそちらに向けてみると、見知ったような後ろ姿があった。

その人物は道路を挟んだ反対側の歩道を歩いていて、莉歩からどんどん遠ざかってゆく。目を凝らして見てみると、ほぼ間違いなく2－Bの浅倉さんだ。私服だから受ける印象は違うが、身振り手振りの癖が似ている。

隣にいるスーツの人は、お父さんだろうか。頭頂部がかなり乏しく、おそらく五十代と思われる。二人仲良く手を繋ぎ――あれ、中二の娘と父親って、日曜に手を繋いで歩くものだろうか。

きっとそういう仲良し父娘《おやこ》もいるのだろう。だけど、浅倉さんの連れはどこかおかしい。なんとなく不潔というか、粘っこい気配を纏《まと》っている。しかも角を曲がったその先は、ホテル街だ。

そう気づいたとたん、莉歩は走り出していた。来た道を信号まで引き返し、赤になりそうなところを無理矢理渡る。

まさかハイヒールで全力疾走をする羽目になるなんて。すれ違った大学生風の男の子たちが、跳ね上がる胸をあからさまに「おっ！」と見る。すぐに背後から「ヤべぇ今の」「ボインボインじゃん」と笑う声が聞こえてきて、顔がカッと熱くなった。

うるさい、見ないで。今はそれどころじゃないんだから。

男子のそういう視線が嫌で、小学校の高学年くらいから体育の授業で全力を出すのをためらうようになった。ただ目が行ってしまうだけならともかく、ニヤニヤと嘲るような笑みを浮かべるのはなぜなんだろう。彼らときたら、いくつになっても進歩がない。

必死になったところで、莉歩は走るのが遅かった。でもどうにか、手遅れになる前に止めなくちゃ。早くも息が上がっているし、汗で化粧が崩れかけているのも分かるけど、一人の女の子の人生に関わることだ。

ようやくホテル街に踏み込んで、周りを見回す。見事に休憩いくら、宿泊いくらという看板を出した建物ばかりである。そんな風景の中に、いた！　二人はそのうちのひと棟に、まさに入ろうとしているところだった。

「あ、あなたぁ！」

浅倉さんと呼びかけそうになり、こんなところで本名はまずいと思い直す。「あなたぁ、あなたぁ」と調子外れに叫びながら、最後の力を振り絞って走る。

よかった、浅倉さんが莉歩の奇声に気づいてくれた。振り返り、ぎょっとしたように目を見開く。どうにか追いついて立ち止まり、莉歩は体を折って乱れた呼吸を整える。

「あっれぇリホちん、奇遇だねぇ。こんなところでなにしてんの？」

浅倉さんには緊張感がまるでない。少しくらいは気まずそうな顔をするかと思ったのに、純粋に驚いている。

莉歩は信じられない思いで、「なにしてんのはこっちの台詞《せりふ》よ」と荒い息の下で吐き捨てた。

「え、なに？」聞こえなかったようだ。

浅倉さんは、Tシャツにデニムのショートパンツ。ほんのりお化粧をしているが、十代なのは見てすぐ分かる。世間知らずの無鉄砲が服を着て歩いているようなこんな子に、いい大人がなにをしようというのだろう。

莉歩はハンカチでこめかみと鼻の下の汗を押さえ、狼狽《ろうばい》ぎみの中年男をキッと睨《にら》みつける。男はおどおどと目を逸らし、「いや、違うんだ」と言い訳にもならないことを口走った。

「なにが違うんでしょうか。私、この子が通う中学の教師ですが」

本当は教師ではないが、そのほうが威圧感が出るだろうと踏んだ。全力疾走の動悸が治まってくると、恐怖で脚が震えてくる。もし突っかかってこられたら、浅倉さんを守りきれるだろうか。

「えっ、中学生だったの？　てっきり高校生かと」

どちらにせよアウトだが、男にとっては衝撃だったようだ。「こんなはずじゃなかった」

とか「やましいことはないんだ」とか、ぶつぶつ呟きながら後退《あとずさ》り、唐突に身を翻して走り出した。

「あっ、待って！」

待てと言われて待つ馬鹿はいない。男はみるみるうちに遠ざかり、莉歩にはもうそれを追う体力は残っていなかった。

疲労と安堵でその場に座り込む。浅倉さんが剝き出しの膝に手をついて、「どったの？」と顔を覗き込んできた。

「『あなた、あなた』って言ってるからさ、あのオジサンと知り合いかと思ったよ」

「そんなわけないでしょ」

呆れるほどの危機感のなさだ。ますます腰から力が抜け、当分立ち上がれる気がしない。バッグの中でスマホが鳴っている。「出れば？」と、なぜか高圧的に促された。

博之からの着信だ。十三時八分。彼は時間にそこそこ厳しい。

「ごめん、博之。ちょっとトラブルがあって」

声を抑えてまずは詫びる。申し訳ないが、浅倉さんを放置したままでは行けない。

「なにがあった？」と聞かれても、説明するのも難しい。だが浅倉さんは莉歩の隣で、「なに、彼氏、彼氏？」と色めき立っている。

「え〜リホちんの彼氏、超見たぁい」

「うん、ちょっと待ってね、浅倉さん。どこか、落ち着いたところで話をしましょう」

「三人で？」

「二人でね」

頭が痛くなってきた。この子は自分がしでかそうとしたことの、重大さが分かっているのだろうか。

「もしかして、学校の生徒さん？」

洩れ聞こえる声と口調から、そう判断したらしい。博之が「大丈夫？」と問うてくる。ああ、生徒にナメられていることは、秘密にしておきたかったのに。

「なにがあったか知らないけど、手に余るようなら連れてきなよ」

助け舟のつもりなのか、そんなことまで言わせてしまった。通話が聞こえていたのだろう、莉歩が返事をする前に、浅倉さんが「やったぁ！」とお腹を見せて飛び上がった。

二

「嘘ぉ、超かっこいい。リホちんの彼氏、マジイケメンなんですけどぉ」

三人とも昼食がまだだったので、ひとまず手頃なカフェに入った。

浅倉さんは会った瞬間から「かっこいい、ヤバい」と博之をべた褒めで、さすがの博之も居心地が悪そうに苦笑している。

「なんでも好きなものを頼んでいいよ」と勧められ、浅倉さんは生クリームが関東ローム層くらい積み上がった、メガ盛りパンケーキを注文した。

これが若さかと、莉歩も博之も遠い目になる。

「甘いものが好きなんだね」

博之が控えめに感想を述べた。

やっぱり連れてこないほうがよかったかな。後悔の念がじわじわと追いついてくる。「俺も一応教育分野に携わる人間だからさ」という口車につい乗せられてしまった。でもさすがにあれは、初対面の男性に話せる内容ではない。

注文したものが出揃うまでは、学年や部活動（浅倉さんは演劇部の幽霊部員だった）、趣味（「趣味だって、ウケる」と返ってきた）といった当たり障りのないことを質問していた博之が、「ご注文は以上でお揃いでしょうか」とウエイトレスが去ってから、一気に本丸を攻めてきた。

「言いたくなければべつにいいけど、なにがあったの？」

その急襲に、莉歩のフォローは間に合わない。浅倉さんは生クリームの山を崩しながら、あっけらかんと答えた。

「ああ、知らないオジサンとラブホ入ろうとしたら、リホちんに見つかって止められてさぁ」

「ちょっと、声。もっと抑えて」

店内はほぼ満席で騒がしい。それでも隣の席のカップルがぎょっとして顔を上げたから、莉歩は焦った。この子には、恥じらいというものがないのだろうか。

「そうなんだ。そういうことは、よくあるの？」

博之が動揺を見せず、穏やかに聞き返す。そこに彼女を責めるような響きはなかった。

「そういうこと？」

「知らないオジサンと」

「ないよ。はじめて」

「どこで知り合ったのかな」

「さっき、駅の改札出たとこで声かけられたんだよね。アレを見てくれませんかって」

「アレ？」

嫌な予感がして莉歩は眉をひそめる。男性の局部とか、そういうことだろうか。気持ちが悪くなりそうで、目の前のジェノベーゼパスタにまったく手をつけられない。

浅倉さんは締まりのない笑みを浮かべ、軽く身を乗り出すと、口元に手を添えて言った。

「一人エッチ」

なにも飲み食いしていないのに、莉歩はごくりと飲み込んだ唾で盛大に噎せた。「え？　え？　え？」情報を処理しきれずに、脳が軽いパニックを起こしている。

さしもの博之も驚愕したか、テーブルに肘をついて手を組み合わせた。本来なら食事中に、そんなマナー違反を犯さない人だ。それでも表向きは平静を装って、口元には微笑すらたたえている。

「オジサンが、見てくれって？」

「そう。五千円くれるっていうし、見るだけならいっかと思って」

莉歩は博之のようにポーカーフェイスを作れない。反射的に「いいはずないでしょ」と叫びそうになり、頭ごなしに叱っちゃダメだと思い直す。そのせいで金魚のように、口がパクパク開いてしまった。

「ダメだった？」

浅倉さんが上目遣いにこちらを窺う。

莉歩は深いため息と共に、遣る瀬なさを吐き出した。

なんて危うい。この子は少しばかり知識があるだけの赤ちゃんだ。善悪の区別も危機管理能力も、中二にしてはあまりに幼い。でもそんな子供たちが、街には溢れかえっているのだろう。

「そうだね、軽率だったとは思う。ホテルというのは入ってしまえば密室だから、なにをされるか分からないでしょう？」

博之の声はおそらく催眠術に向いている。耳の奥にすっと染み入ってくるから、浅倉さんも萎《しお》れたように肩を縮めた。

「でも、本当に見るだけって言ったよ？」

「うん、そうか。じゃあ一つだけ、心得を授けておこうね。どんなに優しそうでも好青年でもお金があっても、未成年に声をかけてくる大人は総じてクズだ。だから決して信用してはいけないし、そんな奴らに関わって君たちの貴重な時間を無駄にするのはもったいないよ」

「お兄さん――」と呟いて、浅倉さんは目を輝かせる。

どうせまた、話の中身なんて頭には入っていない。イケメンが真摯に向き合ってくれている、そのことに感動しているだけだ。

「あのね、浅倉さん。私たちは女の体に生まれたというだけで、ものすごく理不尽な目に遭うことがあるの。女性にも意思や感情があるって、思っていない男の人って中にはいるのね。腕力でこられたら勝てないんだから、ちゃんと自覚を持って。自分を守れるのは、自分だけなんだよ」

曲がりなりにも「先生」と呼ばれている立場からではなく、同じ女としてひと言、言いたくなった。あまり前のめりになると、豊満な胸がテーブルに載る。どうして自分の体はこんなにどこもかしこも柔らかくできているのだろうと、嫌になることがたまにある。

浅倉さんも発育が早いぶん煩わしいことは多いだろうに、なぜこれほど無自覚でいられるのだろう。莉歩の言葉などなにも響いてはいないようで、憧れの眼差しで博之を見ている。

今日みたいなことが、今後もないとは言いきれない。卑怯ではあるが、莉歩は切り札を口にした。

「こんなことは、もうしないよね？　浅倉さんが約束してくれるなら、学校には報告しないから」

そう言われてようやく、目の前の女性が大人で、学校関係者だということを思い出したようだ。浅倉さんはハッと息を呑み、怯えた目をする。

「もしかして学校にバレたら、停学とか退学？」

「公立中学校には停学も退学もないよ。保護者は呼ばれるだろうけど」

処分までは分からなかった莉歩の代わりに、博之が答えた。学校教育法でそう定められているらしい。義務教育なのだから、言われてみれば当然だった。

「えーっ。親バレもヤだぁ」

「うん、だからね、二度としないで。分かる？」

「分かった、しない。あたしだってキモいし」

気持ち悪いと思うなら、どうしてついて行くのだろう。理解しがたいが、そう約束してくれるならひとまずよしとする。

「よかった。リホちん、ありがとね」

唇の端に生クリームをつけてニカッと笑った浅倉さんは、とても無邪気で健康的な、中二の女の子でしかなかった。


「ごめんね、今日は予定が狂いまくっちゃったね」

博之の部屋の玄関で靴を脱ぎながら、あらためて詫びる。

上手くいかない日というのはあるもので、「今日はもう帰りなさい」と浅倉さんを駅のホームまで見送ると、予定していた映画の開始時間はとっくに過ぎていた。間に合わせで観た学園物のラブストーリーは博之の好みに合わなかったようで、さらに前から行きたいねと言っていたレストランの予約も店側のミスで取れていないという運のなさ。

諦めてデパ地下でお惣菜とワインを買い、家で食べることになった。

「べつに、なにひとつ莉歩のせいじゃないでしょ」

「でも、代わりの映画を選んだの私だし」

「うん、あのチョイスはちょっとなかったと思うけど」

「そんなに？　私けっこうキュンキュンして、ちょっと泣いちゃったんだけど」

「はいはい、莉歩は可愛いね」

「んもう、馬鹿にして」

莉歩が選んだのは、なんの変哲もない女子高校生と、難病を抱えた男子高校生のラブストーリーだった。原作が少女漫画というだけあってラブ要素が強く、最後がハッピーエンドなのもいい。なにより主演の二人が可愛くてかっこよくて、ああ十年前にこんな恋愛がしたかったなと、胸をときめかせたものだった。

「博之だって、実は恋愛物好きじゃない」

「俺が好きなのは大人のラブロマンス。だってなんなの、あの俺様な男子高校生。あんな奴いないでしょ」

「いないからいいんじゃない」

博之には男兄弟しかいないから、少女漫画の王道設定に免疫がないのだろう。洗面所で水音を立てながら、「よく分からん」と唸っている。莉歩もそこに割り込んで手を洗ってからキッチンに入り、買ってきたものを皿に盛りつけはじめた。温めるべきものをレンジに入れていると、「チーズとバゲット切るよ」と博之が隣に立つ。

包丁を握る自然な立ち姿にドキリとした。手首の内側に筋が浮き出て、男の色気が漂っている。博之も高校時代には、少女漫画のヒーロー並みにもてていたんじゃないかと思う。

「浅倉さんも、ああいう恋愛ができるようになるといいんだけどな」

「え、難病の俺様と?」

「違う、同年代の男の子と」

聞けば浅倉さんは、大学生の彼氏とも完全に切れたわけではないという。できることなら手を繋ぐのも恥ずかしくてためらわれるような、純粋な恋愛から始めてほしい。二人で一緒に成長してゆける、そんな男の子と。

「相手が同年代だからって、傷つかないわけじゃないよ」

博之が横顔を見せたままぼそりと呟いた。

その声に、なぜか脇腹がざわりと震える。冷たいのではなく、無機質な響き。莉歩は慌てて「あ、うん。それもそうだね」と取り繕う。

なんだろう、私なにか変なこと言っちゃった?

嫌な汗が噴き出てきたが、「バゲット切りすぎたかも」と顔を上げた博之が笑っていたから、ほっと胸を撫で下ろした。

たぶん気のせい、作業に集中していたからだ。

「でもあの子、浅倉さん？　いい子ではあるんだけどね」

テーブルについてワインで乾杯してからも、話題の中心は浅倉さんだった。生春巻、ローストビーフのサラダ、煮込みハンバーグ、黒豚シュウマイ、チーズとバゲット。食べたいもの優先で選んだちぐはぐな取り合わせの夕飯を取り分けて、莉歩は頷く。

「そうなの。変にひねたところもないし、反抗的なわけでもないの」

「まぁ今どき、ナイフみたいに尖ってる分かりやすい不良のほうが少ないか」

「うん。でも良識みたいなものが、すこっと抜けちゃってるの」

博之は中学校の教員免許を持っている。しかし学校組織の内側に入ってしまうとヒラの教員にはあまりに発言の自由がなく、疲弊するばかりと踏んで、外部からサポートできる仕事を選んだという。教育への関心は、そのぶん高い。

「父子家庭なんだね、彼女」

「そう。お父さんがなにをしてる人かは知らないけど」

「忙しすぎるとかで、目が行き届かないのかな」

思考を巡らせるときの癖で、博之は軽く握った拳《こぶし》で口元を隠す。眉間《みけん》にくっと皺《しわ》が入り、惚れ惚れするほど真剣な表情だ。

「寂しいと、歳上の男に依存しがちになるからね。あの子、友達は？　天気のいい日曜に、一人でいたけど」

「さぁ、そこまでは。お昼休みはよく、パン持って図書室に来てる」

「一緒に食べる子がいないのかな。いじめは？」

「あんなに明るい子がまさか」

なにげないひと言に、博之は過剰に反応した。顔色をなくし、人語を喋りはじめた猿でも見るかのように、まじまじと莉歩の顔を見た。

「明るいとか暗いとか、気が強いとか弱いとか、そんなものは、いじめにはまったく関係ない」

はきはきと区切るように喋る。パンナイフの切っ先が、こちらに向いている。

「あ、うん。そう、そうだよね」

恐ろしくて自然に背筋が伸びた。

知っている。いじめはいじめる側の問題だと聞いたことがある。実感がなかっただけで、知識がないわけじゃない。だからお願い、軽蔑しないで。

必死に目で訴える。博之はナイフに目を落とし、カッティングボードに置いてから小さく首を振った。

「今日のことは、担任とは共有しておいたほうがいいかもね」

「そんな。だって、報告しないって約束しちゃったし」

「うん、でも莉歩は教師じゃないんだ。してあげられることには限度があるだろ」

その通りには違いないが、君には荷が重いと見放された気分になった。これまでの人生で積み重ねられてきた劣等感が、じりじりと炙られ嫌なにおいを発する。前の職場でも散々嗅いできたにおいだ。

「彼女の担任はどんな人？」

「えっと、２－Ｂは――」

問われるままに答えかけて、莉歩は「あっ」と眉を寄せる。あのクラスの担任は、社会科の曽根原先生だ。

「ものすごく、やる気のない男の人」

「ああ、そう」博之も顔を曇らせる。

担当の教科すら真面目に取り組まない曽根原先生が、親身になって話を聞いてくれるとは思えない。生徒に友達扱いされている頼りない莉歩でも、あの男に比べたらまだマシだと思えた。

「ひとまず、私のほうで様子を見てみる。図書室には来てくれてるし」

「仕方ないね。でも手に負えないと思ったら、すぐ周りに相談するんだよ」

「分かってる」

博之の目を見返して、頷いた。アーモンド形のその目がすうっと細められ、骨ばった手が莉歩の髪をくしゃりと撫でる。

「それまでは、今まで通りに接してあげな。たぶん今の彼女にとって、君の存在が救いになってるはずだから」

鼻先に漂っていた、嫌なにおいが消えてゆく。

本当に？　私、ちゃんと役に立ってる？

博之が認めてくれるなら、なんだってできてしまいそうだ。情けないけど、褒められて尻尾を振る犬みたい。たまらなく嬉しくなって、莉歩は「えへへ」と頬を緩めた。

三

流しの水音と、食器同士のぶつかる音を伴奏に、博之が鼻歌を歌っている。二人で一本ワインを空けて、ほろ酔いのようだ。時折音程が外れるのすらも愛おしい。

「それ、今二年生が音楽の授業でやってるよ」

手渡される皿を布巾で拭いながら指摘すると、博之が「えっ」と目を瞬《しばた》いた。

「歌ってたでしょ。『夏が来れば思い出す～』って」

「嘘、気づかなかった」

はにかんだような笑顔もいい。莉歩は「ふふっ」と唇の先で笑う。

「綺麗な曲だよね。私も好き」

「このくらいの時期になると、なんか歌いたくなるよね。タイトルなんだっけ？」

「夏の思い出」

「あ、けっこうそのまんまだった」

博之は手元に気をつけながら、イッタラのグラスを洗っている。物を増やしたくない人だから、ワインでもビールでもお茶でも使うのはこのグラスだ。クリアなブルーの色ガラス。この人は夏が好きなのかもしれない。

「じゃあ、浅倉さんもちょうど習ってるんだね」

「そうだね」と頷く。できれば綺麗なものだけ見聞きして、育ってくれたらいいのだけれど。似たようなことを考えたのか、博之は「それにしても、あれはないよなぁ」と嘆いた。

「なんだよ、一人エッチって」

そんな単語を口にする人だとは思わなかったから、グラスを拭く手が止まりかけた。努めて穏やかに、「そうだねぇ」と調子を合わせる。

「どこまで本気だったんだろうね」

「さぁね。見られるのが好きっていう奴もいるらしいけどさ」

あれ、もしかしてこの流れは、いけるんじゃないの？　あのＤＶＤはなんだったのか、このタイミングを逃したら、二度と切り出せないかもしれない。

そう、さりげなく、お天気の話をするみたいに――。

「あのさ、博之もその、『する』の？」

失敗した。不自然なほど声が裏返った。

だが博之はにこやかに、「えー、なにを？」と尋ねてくる。莉歩はホッと、体の緊張を緩めた。

「この間さ、忘れ物して博之のいないときに来たんだけど、見ちゃったんだよね。テーブルにそういうＤＶＤが――」

「は？」

トンと流しのレバーハンドルが押され、水が止まった。博之が、恐ろしいほどの真顔でこちらを見ている。しまったと思ったときにはもう遅かった。

「なにそれ、いつ？」

「えっと、ゴールデンウィーク明けくらい」

「なんですぐ言わないの」

「だ、だって」

詰問口調で畳み掛けられ、言葉に詰まった。割らないように、グラスと布巾をステンレスの作業台に置く。怯えた様子の莉歩を見て、博之は鼻から深くため息をついた。

手を拭いて、足音も荒く寝室へと消えてゆく。莉歩がオロオロしている間に戻ってきて、DVDのパッケージを目の前にかざした。

「これ？」

上目遣いに頷く。きつめな美人の「桃川はるな」が、ピンク色の乳輪を露出して微笑みかけてくる。

「どう思ったの？」

「え？」

「これを見て、莉歩はどう思ったのか聞いてるの」

莉歩はすっかり混乱していた。どうして自分が責められているんだろう。言い訳が必要なのは、博之のほうではないのか。

「EDなのに、なんでかなって」

「だよね、だったらすぐ聞けばよかったじゃない。俺に気を遣ったの？　馬鹿にされてる気がするんだけど」

　博之は決して声を荒らげない。一本調子の早口で、じわじわと追い詰めてくる。

「ご、ごめんなさい」

目尻にじわりと涙が浮かぶ。それを見て博之の頬が微《かす》かに緩んだ。声にもいくぶん柔らかさが滲む。

「男の一人暮らしなら、こういうものが何枚かあってもおかしくはない。それは分かるよね？」

「——分かります」

「そして心因性のEDの場合、セックスは無理でも、一人ならできるというケースは多い。たぶん余計なプレッシャーがないからなんだろう」

「プレッシャー？」

ついに涙がぽたぽたとこぼれ落ちた。

私の存在は、プレッシャーなの？　セックスを強要したことなんか、一度だってないのに。できなくても「気にしないよ」と、宥《なだ》めて我慢してきたのに。

「泣かないでちゃんと聞いて。もしかしたら君は、プライドを傷つけられたと感じたかもしれない。この女優ならできて、君では無理と言われたようなものだから。でもそれは、君の魅力を認めていないということじゃない。むしろとても魅力的だと思っている。それでもできないのは、完全に俺のほうの問題だ」

「いいね？」と、確認するように顔を覗き込まれた。

どうしてこの人は、こんなにも生き生きと人を言いくるめにかかるのだろう。まるで法廷ドラマのワンシーンを見ているみたいだ。その話しぶりは、敏腕弁護士の演説を彷彿とさせた。

「AVなんてものは、自分の好きなタイミングで出して終わらせればいいけれど、生身の女性はそうじゃない。たぶん俺は、自分のセックスにあまり自信がないんだ。満足させられないのが怖くて、どう思われるかと怯えて、こんな不甲斐ないことになっている。でも君は俺が『できない』ということを受け入れてくれた。それがどんなに嬉しかったか、分かる？」

博之の熱弁に、莉歩もだんだん乗せられてきた。

そうだったんだ。EDだと告げたときも、かなりの覚悟が必要だったに違いない。男の性が分からない莉歩は反射的に「大丈夫です」と答えたが、博之にとってあれは天地が覆るほどの一大事だったのだろう。

「ごめんね、情けなくて。莉歩にはもう嫌われちゃったかもしれないけど」

「ううん、そんなことない！」

莉歩は博之にしがみついて訴えた。その苦しい胸の内を、分かってあげられるのは私だけだ。それなのにセクシー女優と比べて落ち込んだりして、こちらこそ申し訳ない。

それに収穫もあった。一人でするのが可能なら、治療を受ければいつか「できる」ようになるんじゃないか。

莉歩だってセックスはそれほど好きじゃない。だけどいつの間にか、博之と繋がりたいという願望が芽生えている。

力強い腕に抱きしめられて、頭の中がじわりと痺れた。

ああ、そっか。私の体がこんなにも柔らかいのは、きっとこの人に愛されるためだ。やっとそう思える人と出会えたんだ。

膨らんだ蕾《つぼみ》が、ふわりと綻びかけるのが分かる。もっと、もっとだ。博之を、深いところで受け入れたい。分かちがたいほど結ばれ合って、二人で高みに昇り詰めよう。

「よかった。君が淫乱な女じゃなくて」

「えっ」

閉じていた瞼《まぶた》がかっと開いた。抱き合っている博之は、莉歩の表情の変化に気づかない。

「女の体に生まれただけで理不尽な目に遭うって、あれたぶん実体験なんでしょう？　莉歩も今まで傷ついてきたんだね」

優しく頭を撫でられて、嬉しいはずなのに釈然としない。博之は、このままできなくても構わないと思っているの？　そんなふうに言われたら、こちらから治療を切り出すこともためらわれる。

淫乱、なのだろうか。博之と交わりたいという、この欲望は。

蕾の中の花芯はすでに、蜜を孕《はら》んでとろけている。これは厭《いや》らしくて、いけないことなのだろうか。

「ねぇ、博之」

背をのけ反らせ、莉歩は恋人の顔を見上げる。聞きづらいことだけど、EDになった原因は知っておきたい。博之のためというよりも、自分を納得させるために。

「莉歩に巡り合えた俺は、本当に幸せ者だよ」

感極まってしまったのか、博之はちっとも話を聞いてくれない。体を離そうとする莉歩を、ぎゅうぎゅうと締め上げてくる。胸板に手をついて抵抗しようとするものの、次のひと言でその気力も挫《くじ》かれた。

「ああ、結婚したいなぁ」

ぽすん。博之の胸板に頬を埋《うず》める。すべての思考が吹き飛んで、頭の中は真っ白だった。

今、なんて？　結婚という、最強のキラーワードが聞こえた気がする。

「つき合ってまだ日も浅いのに、引くよね？」

莉歩は不自由な体勢のまま、必死に首を振った。どうやら聞き間違いではない。さっきまで揉めていたはずなのに、これが怪我《けが》の功名《こうみよう》というもの？　頭上で高らかに、ウエディングベルが鳴り響く。

「引かないよ、全然」

抑えようとしても、嗚咽《おえつ》が込み上げてくる。女なら誰もが待ち望んでいる言葉を、大好きな人に言ってもらえるなんて。そんな幸せな瞬間が他にあるだろうか。

お父さん、お母さん、今まで育ててくれてありがとう。私、もうすぐお嫁に行きます。

もう絶対に、離さない。結婚してしまえばこっちのものだ。大事なことを忘れている気がしたけれど、莉歩は博之の胴に腕を回し、力いっぱい抱きしめ返した。

四

同じ階にある音楽室から、微かに合唱の声が洩れてくる。どことなく郷愁を誘う、「夏の思い出」のメロディーだ。不完全な混声合唱だが、胸の奥がじんじんと熱を持つ。

二十年後も三十年後も、この歌を聴けば必ず博之のプロポーズを思い出すことだろう。きつかけができてしまうと話はとんとん拍子に進み、八月の莉歩の誕生日までには、両家に挨拶をして婚約を済ませようということになった。

こんなにスムーズでいいのだろうか。幸せすぎて怖いくらいだ。

莉歩はすっかり舞い上がり、挙式は教会式と神前式どっちがいいかとか、ドレスも色打掛も両方着てみたいとか、年端もゆかぬ女の子のようにはしゃいでしまった。それでも博之は笑顔で根気強く聞いてくれ、しかもその日はそのまま、彼の部屋に泊まることになったのである。

はじめて足を踏み入れた寝室は、博之らしく、いたってシンプルなものだった。セミダブルのベッドとパソコンデスクがあるだけで、それでも殺風景に見えないのは、ナチュラルテイストのフローリングに合わせて明るいベージュのベッドカバーを選んでいるからだろう。

もちろんセックスはなかったが、彼のにおいのする布団に包《くる》まり、朝まで抱き合って眠った。体の奥に灯《とも》った欲望の炎は「結婚」という強い言葉に掻き消され、莉歩はなんの不満もなくパジャマ越しの博之の温もりを愛おしんだ。

ああ、でも一緒に住むようになったら、インテリアはどうしよう。莉歩は可愛い小物が好きだが、博之の趣味ではないだろう。そういうことは、少しずつすり合わせていけばいいか。いずれ子供ができれば、嫌でも物は増えるのだし。

そう、子供。博之だってきっと欲しいだろう。教育熱心な、いいパパになりそうだ。

ネットで調べてみるとEDでも薬を使えば妊娠に支障はないらしく、それを口実に通院を勧めることができる。命を授かるための、神聖な営みだ。淫乱な女が繋がりたいと渇望するのとは、わけが違う。そういうことなら博之だって、務めを果たしてくれるだろう。

「最近なんだか、機嫌がいいですね」

向かいの席で数学の問題を解いていた二本柳くんが、参考書から顔も上げずにそう言った。先日の実力テストで五教科の合計が四五〇点以上だったという彼は、一人でも特に困った様子はなく、淀みなくペンを動かしている。

「え、そう?」

莉歩は思わず頬を撫でた。幸福感が表面に滲み出ているのだろうか。そういえばここ数日、なんだか肌の調子もいい。

「はい。苦手なブッカー貼りなのに、楽しそうに見えます」

ちょうど入荷したばかりの本に、ブッカーと呼ばれる透明なシートを貼っているところだった。傷や汚れから蔵書を守るため、書籍の表面をコーティングするのである。目的の本のサイズに合わせてシートをカットし、空気が入らないように貼ってゆくのだが、スマホの液晶保護フィルムさえまともに貼れない莉歩にとっては至難の業だった。

だから寄贈本が大量に入ってきたときなどは、二本柳くんに泣きついて手伝ってもらっている。繊細な指の持ち主である彼は、手先が器用だ。

「さすがに慣れてきたからじゃない？」

「思いっきり歪んでますけど」

「ヤだ、ホントだ」

透明の定規を滑らせて空気を追い出しながら貼るうちに、いつの間にか位置がずれていた。一度に二つのことができない性分である。

「やりましょうか」

「そんな、勉強中の人にお願いするわけには」

「あと三冊でしょう。すぐですよ」

そのお言葉に、素直に甘えることにした。「じゃあお願い」と本を受け渡した拍子に、お互いの指が軽く触れ合う。

「あ、すみません」

慌てて手を引っ込めた二本柳くんの、耳朶《みみたぶ》がほんのりと染まってゆく。なんて可愛らしいのだろう。気にしないふりをして、すぐさま作業に入るところにも免疫のなさが表れている。

なんだかとても美しいものを見た気がして、莉歩はまじまじと二本柳くんの手元を眺めてしまった。まるで決められた一連の所作のように、細めの指が滑らかに動く。まだ女の肌を知らない無垢な指。どんなエロ親父にだって、こんな時代があったはずなのに。

「ねぇ、二本柳くん」

「はい」

「浅倉さんのこと、どう思ってる？」

「なんですか、いきなり」

残念、脈絡のない質問には動じてくれない。定規を当ててカッターでシートを切る、その線がぶれることはなかった。

「彼女、例の大学生とまだ連絡取ってるみたいだからさ」

浅倉さんの近況については、近ごろ詳しい。あの胸やけのしそうなパンケーキを食べながら、「ねぇ、ＬＩＮＥのＩＤ交換しようよ」とせがんでくるのを断りきれなかったからだ。

女子中学生のＬＩＮＥの頻度につき合っていると大変だろうから、ほどほどに。と博之から忠告されたが、莉歩の存在が救いになっていると言ったのも彼だ。

そういうことなら頑張らなきゃと張りきって相手をしていたら、午前二時までトークが続いてしまったので、さすがにまずいと少し距離を取ることにした。それでも浅倉さんからは、昼夜を問わずにメッセージが入ってくる。

たいていは、他愛ないことばかりだ。近所のデブ猫の寝相がひどいとか、好きな男性アイドルの話、『このスタンプ超ウケる』という、本当にどうでもいいものもある。でもその端々から透けて見える彼女の私生活には、孤独がつきまとっていた。

一緒に暮らしている父親は、やはり帰りが遅いらしい。夕飯はコンビニ弁当かファミレスで、いつも一人で食べている。掃除と洗濯は自分でしているようで、莉歩が使っている柔軟剤のメーカーを聞いてきたりもした。

『お母さん？　なんか他に好きな人ができたとかって、出てっちゃったよ。ウケるっしょ。まぁしょうがないよね。お父さんマジ家いないし、寂しかったんじゃない？』

今ではその寂しさを一身に引き受けているはずなのに、彼女は傷ついていないふりをする。友達の話はちっとも出てこないから、案じた通りクラスでは孤立しているのだろう。そんな環境でも目立つほどの非行に走っていないのは、彼女の生来の気質がいいからか。でも足場はこの上なく不安定で、いつ踏み外すかと心配でたまらなかった。

「柿谷先生」

「はい」

「手近な若者同士をくっつけようという発想は、オバサンっぽいと思います」

二本柳くんは手厳しい。莉歩は「すみません」とかしこまって頭を下げた。

「でも浅倉さんとは仲がいいでしょう」

「弁当のおかずを強奪されるだけの間柄ですよ」

そうだろうか。浅倉さんのほうは、「パイセン」と呼んで懐いているように見えるのだが。

気は進まないが、これは一度曽根原先生と話をしておいたほうがよさそうだ。大学生の彼氏や日曜の事件は伏せたまま、図書室に昼食を食べに来ることだけを伝えよう。そうすれば彼女の教室での過ごしかたを、少しは注意して見ていてくれるだろう。

あ、すごい。まつ毛長いんだ。

浅倉さんの代わりに中学生の女子に戻ったつもりで観察してみると、二本柳くんはなかなかミステリアスな空気を纏っていて素敵だった。密《ひそ》かに人気があるのも頷ける。こういう男の子とつき合ってくれるなら、浅倉さんを心から応援してあげられるのに。

「あの、先生」

「なぁに」

「あんまり、見ないでください」

うつむいたままの二本柳くんの耳が、今度は紅鮭くらい赤くなった。

あれれ？　莉歩は頬杖をついたまま目を瞬く。浅倉さんの話を振ったときの動じなさが嘘みたいだ。このギャップはなんだろう。いや、まさか——。

「二本柳くんって、干支はなんだっけ」

「午年《うま》ですが」

「だよね」

ひと回り以上歳下だ。思い上がりも甚だしいと苦笑した。彼らから見れば、自分なんかとっくにオバサンなのだ。

「あのぉ、すみません」

まだ二時間目の授業時間中なのに、図書室の背後の引き戸が無遠慮に開く。振り返ってみると、猫背ぎみの曽根原先生がだらしなく立っていた。

また自習を押しつける気だろうか。思わず身構えたが、背後に生徒たちはおらず一人のようだ。「なんでしょう」と尋ねても、それ以上入ってこようとせず、戸口で莉歩を手招きした。

用があるならそちらから来ればいいのにと、苛立《いらだ》ちを抑えながら立ち上がる。中にいる二本柳くんに聞かせたくはないのか、莉歩が近づくと曽根原先生はさらに身を引き廊下に出た。

音楽室の歌声が、より鮮明に聞こえてくる。アルトだけのパート練習らしい。単独だと上手く歌えるのに、ソプラノと混ざるとつられるのだ。

「これ」と、曽根原先生が眠そうな顔でスマホを差し出してきた。文鳥のイラストのスマホケースは、どことなく見覚えがある。

「あなたから浅倉に返しといてもらえます?」

そうだ、浅倉さんのスマホだ。でもどうしてと戸惑っていると、曽根原先生は焦《じ》れたように舌打ちをした。

「一限の授業中に弄《いじ》ってて没収されたらしくてね。担任の私のところに回ってきたんですよ。どうせあんたにＬＩＮＥかなんか送ってたんでしょ」

呼称が「あなた」から「あんた」に変わった。見くびられたものである。

「なぜご存じなんですか」

「だって、あんたのＩＤを俺に売りつけようとしてきましたからね。いらねぇよと言っときましたが」

「えっ」

あまりの衝撃に体が震える。嘘でしょ、浅倉さんが? 彼女にはできるかぎり、心を砕いてきたつもりなのに。

「そんなだからあいつ、クラスでハブられてましてね。まぁ仲良くしてやってくださいよ」

はい、と手の中にスマホをねじ込まれる。莉歩は直立したまま、されるがままになっていた。

「あとこれ、校内への持ち込みは禁止されてるんで、ついでに指導しといてくださいね」

一方的に用件を押しつけて、曽根原先生は踵《きびす》を返す。莉歩が放心しているうちに、ぺたぺたとスリッパを引きずりながら去って行った。

もはやなにを信じればいいのだろう。合唱に加わったアルトパートが盛大に音を外すのを聞きながら、莉歩は手の中のスマホを見下ろした。

第三章　家族

一

「愛知県△△町の当時中学二年生の男子生徒が、いじめを苦に飛び降り自殺をしてから、今日で二年になります」

つけっぱなしのテレビから男性アナウンサーの沈鬱な声が聞こえてくる。そのとたんスマホに目を落としていた博之が、獲物を見つけた猫のようにぴくりと顔を上げた。

先にシャワーを浴び、ドライヤーを使おうとしていた莉歩は濡れた髪をタオルで包み直す。博之は教育関係の、特にいじめに関するニュースには敏感だ。

「これって、担任の無責任っぷりが問題になってたやつ？　あれからもう二年も経ったの？」

体からいいにおいがするのを自覚しつつ、博之の隣に腰掛ける。ギシリ。ソファが淫靡《いんび》な音を立てて軋《きし》んだが、博之は食い入るようにテレビの画面を見つめている。

莉歩の記憶にある通り、担任教師に幾度となくSOSを発していたにもかかわらず、無関心な対応をされて自殺に至った痛ましい事件だった。その後、町ではいじめ防止についての条例が制定され、今年度から施行されているという。少年が飛び降りた現場には献花台が据えられて、花を手向ける人たちのコメントが続いてゆく。

たしか少年は定期テストの答案用紙にいじめの経緯を克明に綴り、「もう死にたい」とまで訴えていた。それに対して担任教師は、「答案用紙は答案を書くためのものですョ」と赤字で注意を促しただけ。少年の訴えは黙殺された。彼が死を選んだのは、その翌日のことだった。

「さて、お次は心温まる、こんな映像です」

最後に町教育委員会、教育長の「再発防止に取り組みたい」というコメントを紹介して、画面が一転する。ハッと夢から覚めたような気持ちになって、莉歩は目を瞬いた。取り上げられていたのは、カルガモ親子のお引っ越しだ。警察官まで出動し、雛が危険に遭わないよう誘導している。近隣住民にインタビューまでしており、どこにでもいる男子中学生のいじめ自殺の「その後」より、カルガモの扱いのほうが大きかった。

「なんだか、大騒ぎだな」

「そりゃあ、カルガモの赤ちゃんが事故に遭ったら可哀想だし」

「中学生のいじめ自殺よりも？」

「そんな――」

批判的な姿勢に、莉歩は戸惑う。どうやら博之は、機嫌が悪い。

「こんなに大事にしてもらえるなら、いっそカルガモに生まれ変わりたいよね」

ニュース番組の構成に憤っているのだろうか。

普段はこんな、趣味の悪い冗談を言う人じゃないのに。

その横顔を遠慮がちに窺う。秀でた鼻のラインが美しく、微かに覚えた違和感も忘れて見入ってしまった。

「今、莉歩のところは中間テストだろ」

「うん、今日と明日ね」

今年の前期中間試験は六月の七日と八日。二学期制なので、期末テストは夏休みが明けてしばらく経ってから行われる。テストは午前中で終わるものの、自習用に図書室は十六時まで開けていた。

「この男の子、全教科でそれをやればよかったのにな」

話題がいじめ自殺の少年に戻っていることに気づくまで、少し間が空いた。

「そうだね」と莉歩は頷く。少年がいじめを訴えたのは、担任が受け持つ教科だけだった。

「もう二年って言うけどさ、第三者委員会がいじめを認定したのは、ほんの半年前だからね」

博之がむきになっている。莉歩は失言を悟って口をつぐむ。

口ではとても博之に勝てない。だから彼が苛立っているときは、余計な火種を撒かないよう適度に相槌だけを打つようになった。縁もゆかりもない土地で、見知らぬ男の子が追い詰められて亡くなった。その記憶を風化させていたことくらい、なんの罪もないと本当は思っている。

博之だって、たまたまいじめ問題に関心があるというだけで、たとえば海の向こう側で起こったテロを時系列順に並べろと言われたって、できないに決まっている。人は自分の身に起こってもいないことで、当事者意識を持ち続けられるようにはできていない。

「浅倉さんは、その後どう？」

そんな思考を見越したように、身近なところに話を振られた。このところ話題に上らないから安心していたのに。莉歩は「大丈夫」と笑ってみせる。

「担任の先生と話してみたの。ただ、クラスにはあまり馴染めてないみたいだけど」

「本当にそれだけ？」

「うん。どうして？」

「だって、ものすごくやる気のない先生なんだろ」

そんな曽根原先生は、普段に輪をかけてやる気がなさそうに「あいつ、クラスでハブられてましてね」と言っていた。そうだろうなと、今となっては莉歩も思う。浅倉さんにはもう、積極的に関わろうという気が失せていた。

「えっ、だってソネっちバツイチだから、喜ぶかと思って」

没収されたスマホを返してやり、ついでを装ってなぜ曽根原先生にＩＤを売ろうとしたのかと聞いてみると、浅倉さんはまったく悪びれずにそう言った。「どうしてそんな分かりきったことを聞くの？」というニュアンスまで読み取れて、莉歩は心底彼女に失望した。

「私が嫌がるかもしれないとは考えなかったの？」

「嫌だったの？」

驚いたように返されて、ため息を抑える気にもなれなかった。その態度を見て浅倉さんは、ようやく過ちを悟ったらしい。猫撫で声で腕を絡めてきた。

「あー、ごめん。ごめんね、リホちん。ソネっちのこと嫌いだった？　あたし、分かんなくってさぁ」

曽根原先生のことが嫌いなのはたしかだけど、そういうことじゃない。この子と喋っていると、ひどく疲れる。これはジェネレーションギャップで片づけられるようなものではない。浅倉さんは、人としてなにかが欠けているのだ。

もちろん莉歩も欠けている。誰だってどこか欠けている。それでもあんまり欠けが大きいと、重なる部分がなくてすれ違うばかりになってしまう。

大人の莉歩が相手でも、これほど消耗させられるのだ。同い年の女の子たちに交ざると彼女は完全に異分子だろう。得体が知れないから積極的にいじめようとは思わないけど、関わってほしくもない。子供だって、自分たちの暗黙のルールを乱されるのは嫌なのだ。

浅倉さんからは、今も変わらずLINEがくる。莉歩は一日に一度だけ返事をする。たまに「まだ怒ってるの？」と聞いてくるけど、「怒ってないよ」と返している。

２－Bが体育の授業で校庭を使っているのを眺めていると、浅倉さんはたいてい二人組を作るタイミングであぶれていた。テニスラケットを握って一人で壁打ちを始める彼女を、莉歩はしょうがないよねと冷めた目で見下ろしていた。だってあなた、人の気持ちが分からないんだもの。

「一人でいることは多いけど、暴言とか暴力とか物を隠されたりとか、そういうことは本当にないみたい。趣味が同じとかで、気の合う友達ができるといいんだけどね」

しょうがないとは思うけど、見限ってしまった後ろめたさで弁解めいた口調になった。博之には、冷たい女と思われたくない。

「でもあの子、『趣味だって、ウケる』って笑ってたよね」

「あ、そうだった」

「せめて部活を真面目にやっていれば、そっちの友達がいたかもしれないのになぁ」

キャミソール姿の湯上がりの女を前に、博之は真剣に悩んでいる。気にしなきゃいけないことは他にもっとあるんじゃないかと、莉歩はさりげなく腕を組んで胸を寄せてみた。

博之の視線は、谷間をかすめることなく閉じられる。

「俺も、中学のときはいじめられっ子だったからさ」

「えっ」

「びっくりした？」

ソファの背に頭を預け、博之は寝返りを打つようにしてこちらを見上げる。まさか、誰からも一目置かれそうなこの人が。莉歩は問われるままに頷いた。

「俺ね、すっごい成長遅かったの。声変わりも三年の夏まで全然なくて、それでちょっとね」

「そうだったんだ」

それならいじめを見過ごせないのも頷ける。でもどうして、急にこんな話をする気になったんだろう。縋《すが》るような博之の目がやけに幼くて、莉歩はその頭を撫でてみる。

あ、可愛い。

安心したように目を細める博之に、胸が高鳴る。

嬉しい、甘えてくれてるんだ。歳上の、自分よりずっとしっかりした男の人なのに、守ってあげなきゃと強く思う。

「先生は、味方になってくれたの？」

「だったら俺は、今ごろ教師になってるよ」

「そっか」

「首謀者が網元だった家の子で、担任の家も代々漁師だから。そういうしがらみもあるよね、田舎は」

それは真鶴の実家を継いだのが弟だということとも、関係があるのだろうか。博之は中学卒業と同時に、地元を出ている。

「あれ、なんでこんなこと喋ってんだろ俺。親にも言ったことないのに」

帰り道が分からなくなった子供みたいだ。途方に暮れた顔で博之が呟く。莉歩はその頭をぎゅっと抱いた。

「私は、博之の味方だよ」

不思議な感情が湧いてくる。この人は恋人で婚約者だけど、はるか昔に息子だったことがあるような。莉歩が莉歩ではなく、博之がまだ博之ではなかったころの、ずっと昔だ。

「ちょ、すごい。息できない」

博之が胸の中でもがいている。大切な大切な、私の博之。膝を抱えてうずくまる、中学生だったころの彼ごと、めいっぱい抱きしめてあげたかった。

どうにか谷間から顔を出し、「心強いよ」と博之が笑う。

そうよ、家族になるのよ私たち。そんな思いを込めて莉歩も微笑み返す。

なんだかまるで慈母の気分だ。だから浅倉さんを密かに見放したことは、絶対に知られちゃいけなかった。

二

莉歩の勤める中学校では、詰め込みすぎじゃないかと呆れるほど六月は行事が多い。

中間試験が終わった翌週の月曜からは、教育実習生がやってくる。そのさらに翌週は三年生が二泊三日の修学旅行へ。三十日にはなんと体育祭まであり、教育実習もその日で終わる。生徒から見ても慌ただしいが、教師にとっては地獄のようなスケジュールである。

司書教諭の中村先生は、クラス担任と試験問題作成と女子テニス部顧問と教育実習担当で寝る暇もなさそうだ。莉歩だってぼんやりとはしていられない。全学年の試験範囲を把握して自習用の本を揃えた棚を作り、中村先生の頼みで実習生向けの図書室利用案内を作成し、三年生の修学旅行気分を盛り上げるため、京都と奈良にまつわる資料を掻き集めた。体育祭にちなみ、今月の企画棚は「スポーツ小説」でまとめてある。

今日は修学旅行一日目で、教育実習は二週目だ。朝一番で質問に訪れた実習生に、莉歩はにこやかに対応する。

「ええ、レファレンスサービスは司書の仕事ですから、遠慮なく声をかけてください。市の図書館から資料を借りてくることもできますので」

今年の実習生は全員で六人。そのうちの一人、髪を黒く染めたばかりなのが見て取れる、ツンツンヘアーの男の子である。莉歩の話を頷きながら聞いてはいるが、視線は胸元にばかり注がれていた。

将来教師になるかもしれない彼らに図書室の存在意義を知らしめようという、啓蒙活動の一環だ。実習生には期間限定の利用カードを貸し出し、授業の準備に活用させるようにと、中村先生からのお達しがあった。

しかしこの男子実習生の関心は、図書室の利用法とは別のところにありそうだ。緩んだ口元を隠しもせずに尋ねてくる。

「司書さんて、常駐してるんですか」

「いいえ、私は非常勤ですから、一日の勤務は六時間までと決まっています」

「じゃあ、いるときといないときがあるんだ？　来ても、いないと困るんで、連絡先教えてもらえます？」

「昼休みは必ずいますよ」

「抜けられないんすよ、昼は」

なかなかしつこい、やっと予鈴が鳴ったので、「ほら、もう行かないと」と急《せ》かした。

実習生が職員室に引き上げてから、返却本の整理をしていた二本柳くんが席に着く。作業をしながら一部始終を見ていたようだ。

「あんなの、まともに相手することないのに。ただ先生と話したいだけですよ」

子供のくせに、鋭いところをついてくる。実習生向けのオリエンテーションで会ったときから妙な視線を感じており、莉歩だって「なんだかなぁ」とは思っていた。それでも笑みを浮かべ、大人の対応をしたまでのこと。二本柳くんには毅然とした態度を取らない莉歩がもどかしく思えたらしい。

その初々しさが、好ましい。頬が緩みそうになるのをこらえ、莉歩は「まさかぁ」と白《しら》を切った。

「危なっかしいですよね、先生って」

可愛いことを言ってくれる。世の中の男性の情緒が、このくらいで止まっていてくれたらいいのに。男の人はいつごろから女性に対し、小さなヒロイズムを忘れてしまうのだろう。

「そうかな。私より、二本柳くんの課題のほうが危なっかしくない？」

莉歩はなにげなく話題を逸らした。二本柳くんの目の前には、三日分のプリントが積み重ねられている。各教科の担当が、分量の調整もせず各々で課題を出した結果だ。

「べつにやれない量じゃありませんけど、理不尽です。クラスの奴らが八ツ橋食べて馬鹿騒ぎしている間に、どうして僕はこんなに勉強をさせられるのかと」

「そう思うなら行けばよかったのに、修学旅行」

「正気ですか。クラスに一度も顔を出したことがないのに？」

二本柳くんは、修学旅行には行かなかった。学校サイドも普通なら参加を呼びかけるところだが、彼の場合は一年次からの不登校だ。無理をさせることはないと判断したのだろう。

「でもさ、女子の有志がお誘いに来てたじゃない」

からかい半分の莉歩に、少年は眉を曇らせる。

「あれ、最高にムカつきました」

二週間ほど前だったか。休憩時間に図書室ではあまり見かけないタイプの女子が、五、六人で押しかけてきた。花形の運動部員らしくよく日に焼けていたり、体格がよかったり、はしこそうだったりする子たちだ。そして貸出カウンターに立つ二本柳くんに、「ねぇねぇ」

と詰め寄ったのである。

「修学旅行、行かないって本当？」

「なんで？　行こうよ。きっと楽しいよ」

「やっぱり、クラスみんなで思い出作りたいじゃん？」

どこで聞きつけてきたのか知らないが、二本柳くんの不参加を知ってお節介の虫が騒いだらしい。その年頃の女子らしい正義感だった。

口々に説得を試みる女子を前に、二本柳くんは沈黙を保っていた。「ありがとう、君たちの誠意には感動したよ。僕、行くよ」なんて、言ってくれるとでも思っていたのだろうか。

女の子たちは彼の無反応にだんだん焦れてきた。

「ねぇ、なんで黙ってるの。言ってくんなきゃ分かんないよ」

「じゃあひとまず、図書室では静かにしてくれるかな。あと、本を借りないなら邪魔になるから、そこからどいてほしいんだけど」

もうしばらく様子を見ようと静観していた莉歩ものけ反るほどの、鮮やかなカウンターパンチだった。女の子たちは「信じらんない」という捨て台詞を残し、逃げるように去って行った。

「僕のほうが信じられないです。あれじゃ近所の犬すら懐きませんよ」

あのとき二本柳くんは、明らかに怒っていた。だけど軽く伏せたまつ毛の上で朝の陽射しが躍るのを眺めていると、彼を懐かせたくなる気持ちも分かる気がする。

「女子が来てくれるって、けっこうすごいことよ」

「知りませんよ、あんな価値観の押し売り」

浅倉さんと違って二本柳くんには、人を惹きつけるものがある。その気にさえなればクラスに受け入れられそうなのに、彼はひたすら閉じている。

「嫌いなんです。独善的な人間が」

平然とそんなことを言ってのける若さが眩しい。

ドクゼンテキ、最近覚えて使いたくなったのかな。まだ髭も生えていない滑らかな頰に、触れてみたくなる。

「あなたは、きっと、女の人にもてちゃうわね」

そんなことを言うつもりはなかったのに、あまりに静かで心の声が洩れてしまった。二本柳くんが驚いたように顔を上げる。耳朶が恥じらうように染まっている。

「『人間失格』ですか」

「よく分かりました」

二本柳くんが文学作品を読んでいてくれたおかげで、互いに上手くごまかせた。

「課題、やるんで」

「うん、頑張って」

静かなはずだ。ここは三年生の階だった。いつもならうるさいほどのホームルーム前の喧騒も、本鈴と共に駆け込んでくる足音も、聞こえてこない。

二本柳くんの邪魔はせず、莉歩は窓の外に目を向ける。今にも泣き出しそうな空を見上げ、なにも梅雨の時期に行かなくてもと、修学旅行生に同情を寄せた。

三

飴色に染まった肉がくつくつと煮えている。

ふわりと立ち昇る湯気が梅雨寒《つゆざむ》の夜にありがたい。大奮発したという肉は、百グラム四千円の松阪牛だ。サシが綺麗に入っていて、脂が甘い。けれども初対面で囲む食卓が、すき焼きというのはいささかハードルが高かった。

「遠慮せずたくさん食べてね、博之さん」

小花柄のエプロンを締めた母親が、鉄鍋に勢いよく肉を投入する。すっかり舞い上がっているようで、声のトーンがやけに高い。

「ああ、もう。そんなに入れたら肉が硬くなる」

父親は来客があってもお構いなしに小言を言う。人前で侮辱されたくない母は、むきになって言い返す。

「いいの、今日は若い男性がいるんだから。ペースが違うのよ」

期待を寄せられた博之は、「はぁ」と苦笑を浮かべている。十代のころならともかく、三十を超えた男の胃に、それほど負担はかけられない。

「ほら、もういいんじゃない。引き上げちゃって。莉歩、ぼんやりしてないで取り分けてあげなきゃダメでしょ」

急かされて、溶き卵の入った取り皿を手にする。いつもなら「自分でやるよ」と止められるところだが、莉歩の両親の手前、博之は笑顔でされるがままになっている。

行事の多い六月は、プライベートまで慌ただしい。結婚の二文字が出てから、莉歩の外泊は格段に増えた。一度博之のマンションに泊まってしまうと、いちいち帰るのが億劫《おっくう》になる。おかげで薄々勘づいていた母親はもちろん、父親までが「いい人がいるのか？」と気にしはじめた。

「一度、うちに連れていらっしゃい」

そう言った母親の微笑には、有無を言わせぬものがあった。

「お父さんもね、心配しているのよ。ほら、莉歩ちゃんいろいろあったから」

娘には甘い父親だ。それなりに名の知れた電機メーカーに内定が決まったときは躍り上がって喜んでくれ、パワハラに遭っていたことを母から聞いたときは、「俺の娘を」と男泣きに泣いたらしい。社会的に躓《つまず》いてしまった娘には、せめて家庭的な幸せをと望んでいる。

そんな親心が分かるから、無視することはできなかった。おずおずと切り出した莉歩に、博之は「いいよ」と快く頷いた。

「どうせ近いうちに挨拶に行こうと思っていたし。喜んで伺いますと伝えて」

博之を好きだという気持ちは天井知らずだ。これ以上はないと思っていても、まだまだ好きにさせられる。「親がうるさいの面倒だから、一人暮らしすれば？」と言い放った昔の男は、今ごろどうしているだろう。あのころの自分に教えてあげたい。近い将来うんと大事にしてくれる人が現れるから、傷つかなくても大丈夫。本当に素敵な人なんだよ。

こざっぱりとしたテーラードジャケットに、手土産はマダムに人気の有機野菜を使ったパウンドケーキ。「はじめまして、宮田博之と申します」と玄関先で挨拶をした瞬間に、博之は母親の心を見事に射止めた。「ちょっと失礼」と寝室に引っ込んだ母親は、チークが濃くなって戻ってきた。

父親はもともと寡黙で心中が分かりづらいが、今朝は五時起きで散歩をしていたというから、そうとう緊張している。厳《いか》つい見た目の柔道経験者。そのわりに小心者なのだ。

「博之さんは、ベネライズにお勤めなんですって？」

「はい、神奈川全域の中学校を担当しています」

「うちの子とはそれで出会ったんでしょ」

「ええ、学校司書の率直な意見を伺いたくて」

「ご出身は真鶴だとか」

「そうです。真鶴港の近くなので、魚は旨いです。時期になったら伊勢海老を送りますよ」

遠慮のない質問攻めに博之は嫌な顔一つせず、リップサービスまで交えている。惚れ惚れするほどそつがない。「彼女の親ウケを狙うなら」とキャプションをつけて、動画を公開したいくらいだ。

「まぁ、嬉しい。ごきょうだいはいらっしゃるの？」

「弟が一人。すでに結婚して、実家の酒屋を継いでます」

「あら、じゃあちょうどいいわね。うちは女の子一人だから――」

「ちょっと、お母さん」

莉歩は慌てて口を挟む。余計なことを言わないで。そんな重たいものを背負わせようとして、博之が逃げちゃったらどうするの！

しだいに両親が博之をどう思うかより、その逆が気になってきた。

「お前が深淵を覗くとき、深淵もまたお前を覗いているのだ」と言ったのはニーチェ。博之だって、頭のどこかで柿谷家を品定めしているはずだった。

たとえばこのダイニングの、雑多な感じはどうだろう。無計画に増やした収納家具のせいで、動線が半分塞がれている。食器棚は見るからにぱんぱんだし、キッチンカウンターは棚代わり。博之から見ればきっと無駄ばかりで、居心地が悪いはずだ。

父親が昔ゴルフコンペで獲ってきた、女神が持ち上げているデザインの振り子時計もなんだかダサい。そもそも母親のエプロンの柄もダサいし、父親の眼鏡は湯気で曇りっぱなしだ。

気になりだすと止まらなくて、せっかくの松阪牛の味が分からない。けれども博之は、屈託なく頷いた。

「そうなんです、ちょうどいいんです」

思わずその横顔を振り仰ぐ。いいの？　本当にいいの？　婿養子になれと言われたようなものなのに。

「そんなわけで、莉歩さんのお父さん、お母さん。莉歩さんとは、結婚を前提におつき合いしております。よろしくお願いします」

膝に手をついて一礼する。博之につられて莉歩もぺこりと頭を下げた。

じわりと涙が込み上げてくる。この人は、神様なんじゃないだろうか。私だけを救ってくれる、私の神様。思い返せば出会ったときからそうだった。

「博之くんは、スコッチは飲むのかな」

「はい、詳しくはありませんが」

「母さん、あれを」

父親に促され、母親が「はいはい」と含み笑いで立ち上がる。テーブルにはすでに瓶ビールが出ているけれど、まさか。

莉歩は母親の後ろ姿を目で追った。リビングのキャビネットの前に立ち、飾ってあったスコッチウイスキーの木箱を手に取る。

父親のとっておき、マッカラン二十五年だった。


「大丈夫、本当に帰れる？」

民家のブロック塀に手をつく博之の、背中を撫でる。一つ目の角を曲がり、玄関先でしつこく見送る母親の姿が見えなくなったとたん、足にきたようだ。塀を乗り越えて咲き誇る紫陽花《あじさい》に、頭を突っ込みそうになっている。

「うちに泊まってく？」

「いや、さすがにそれはちょっと」

博之が青ざめた顔で首を振る。

「待ってて」と、莉歩は少し先の自販機でペットボトルの水を買った。

「ごめん、飲ませすぎちゃったね」

「ううん、俺も緊張して酒量調節できなかった」

受け取った水を、博之は一気に半分ほど流し込んだ。父親もそうとう飲んでいたことだし、こんなに盛り上がるなら日曜じゃなく、土曜にセッティングすればよかった。

「緊張してたの？」

莉歩は博之の顎に貼られた絆創膏を見上げる。剃刀《かみそり》が横滑りしたと、苦々しく笑っていた。博之らしくないミスだった。

「するでしょ、そりゃ」

「全然分からなかった」

「そう？　じゃあ弁論部に入ってたおかげかな」

いくぶん落ち着いてきたらしく、ふぅと大きく息をつく。飲みすぎたといっても、だらしなく乱れないところが博之だ。父親はたぶん今ごろ、ソファにひっくり返って鼾《いびき》をかいていることだろう。

「弁論部って、ディベートするみたいな？」

「そう、それ。高校のとき、自分に自信をつけたくてね。弁論大会にも出てたんだよ」

それは中学時代のいじめと関係があるのだろうか。けれども深くは聞かないことにした。博之だって、あまり思い出したくはないだろう。その過去があればこそ、今の彼がいるわけだけど。

「ご両親には気に入ってもらえたかな」

「あれで気に入られていないわけないと思う」

莉歩は博之の不安を笑い飛ばす。マッカランが出てきたことにも驚いたが、あれほど酔った父を見たのもはじめてだった。

「分からないよ、途中から面接みたいになってたし」

父親は大手繊維メーカーの人事部長だ。職業病なのか、酒が深くなってくるとまるで面接官のように、莉歩との馴れ初めや今後の展望を尋ねはじめた。しょせんは酔っ払いだから質問がループしたり話が嚙み合わなかったり、最終的には船を漕ぎながらだったが、そんなに喋る父も珍しかった。

「本当にごめん。年収とか子供の人数とか、かなり失礼なことまで聞いてたよね」

確認するように博之を横目で見る。莉歩がトイレで席を外した隙に父親は、眠い目を擦《こす》りながら「では次に家族計画についてお聞かせください。子供は何人とお考えですか？」とやっていた。それに対し博之は少しも怯《ひる》むことなく、「そうですねぇ、莉歩さんが嫌でなければ三人くらい」と答えていたのだ。

「いいよ、べつに。酔ってなきゃ聞けないことだし、孫の顔も早く見たいんだろうしね」

「でも、デリケートな問題でしょ」

特に、博之と莉歩にとっては。

共に朝を迎える日が増えてきて、分かったことがある。博之は、寝起きは案外元気だった。直接見てはいないけど、お尻や太腿にその感触があるので分かる。

それこそが心因性ＥＤの特徴らしい。糖尿病や動脈硬化などによる器質性ＥＤとは違い、体の機能に問題はないのだから、当然といえば当然だ。それなのに、セックスだけができない。博之には、元気な朝のうちに試みてみようという気もないみたいだった。

だけど子供を望んでいるのなら、治療に前向きになってくれるだろう。ただ抱き合って眠るのもいいけれど、なぜか生理前には体が乾く。博之と会った後は堪えがたいほどで、この歳にして莉歩は一人ですることを覚えてしまった。これまで自覚もせず生きてきた女の性欲が、腰の奥でちりちりと燃えていた。

博之としたい、臆面もなくそう思う。けれども淫乱な女が嫌いな博之には、とても伝えることができない。

同じくらいの強さで博之にも、繋がりたいと思われたかった。目的が子作りであっても構わないから、体の中の空虚を埋めてほしい。一緒にいて寂しさを感じるのは嫌だった。

「だいぶよくなってきた。ちょっと歩こう」

はす向かいの家の犬が吠えている。門扉に「猛犬注意」のシールが貼られているが、ただ吠え癖があるだけの雑種犬だ。最寄り駅までは、十分もかからない。ゆっくり歩いてゆくことにした。

「俺もね、調べてみたんだよ」

住宅街の夜のしじまに、博之の低い声が染みてゆく。見慣れた風景も彼の前だと、少しよそ行きの顔をしている。

「一応人並みに、子供は欲しいと思うからさ」

「そっか、そうなんだ」

よし、きた。本当は飛び上がって喜びたい。莉歩だってネットの知識でそのへんは、そこそこ詳しくなっている。

あのね、ＥＤ治療薬で一番有名なのはバイアグラだけど、レビトラのほうが即効性はあるし、シアリスは長時間効くんだって。博之は持病がないからどれも平気だと思うけど、一度お医者さんに相談してみないとね。ＥＤ治療で有名な病院が、浜松町にあるらしくって――。

けれどもぐっと抑え、平静を装った。

「セルフシリンジ法っていうのがあるらしいんだ。通販でキットも売ってる」

「え、なにそれ」

予想外の単語が出てきた。博之は言いづらそうに鼻の下を擦り、声をひそめた。

「えっと、採取した精液を、シリンジで注入する方法なんだけど」

知っている。従姉《いとこ》のお姉ちゃんがそれで妊娠したと、噂で聞いたことがある。だけどそれって、不妊治療じゃなかったっけ。

「莉歩の体には、一番負担が少ないと思うんだ」

「――しないの?」

思わず足を止めていた。博之が「え?」と聞き返す。

そのとぼけた顔を見て、この人の頭にはもう「セックス」がないんだと悟った。まるで文明の発達した未来から来た人みたいだ。「セックス? そんな原始的な行為になんの意味が?」真顔でそう問われても、今なら驚かない。

「やっぱり抵抗ある?」

なにに? と目だけで訴える。心臓が、喉元までせり上がってきそうなほど脈打っている。

「その、器具を使うわけだし」

違う、そこに引っかかっているわけじゃない。その段階に進む前に、試すべきことがあるはずだ。

莉歩は足元に目を落とす。どうして私の体はこんなにないがしろにされているんだろう。たとえ義務や責任でもいい。一度きりになったって構わない。最初から諦めるのだけはやめてほしかった。

「そうじゃなくて――」

上着を羽織ってくればよかった。半袖のカットソーから突き出た腕に鳥肌が立っている。ざらりと撫でながら、まとまらない言葉を集める。駅方面からやってきた自転車を一台やり過ごし、口を開いた。

「他に、あるでしょう。バイ、アグラ、とか」

「は?」

恥ずかしくて途切れ途切れになってしまったけれど、意味が通じなかったわけじゃない。博之は、ひどく汚い言葉を聞いたとでも言いたげに顔をしかめていた。

四

校長の話が長いのは、なにも全体朝礼にかぎったことではない。酒の席で全員に行き渡ったビールの泡がすっかり消えても、まだ未練がましく喋っている。

　乾杯のご発声って、こんなに待たされるものだったっけ。グラスを握って構えているのも、だんだん辛くなってきた。いったん置きたいところだが、周りを見回すとみんなその姿勢で耐えている。

「えー、今年も体育祭と教育実習が無事終わりまして、あー、各先生方と事務の方々に、えー、感謝と、あー、労《ねぎら》いの気持ちを込めまして、えー、乾杯の音頭を、あー、取らせていただきます」

　話が長いわりにほとんど頭に入らないのは、内容の薄さと共に無駄な間投詞が多いせいだ。やっと乾杯にこぎつけて、ぬるくなったビールを口に含む。こんなスピーチで拍手喝采が起きるのだから、この職場はどうかしている。

「あ、ほらあなた。なにしてるの、早く社長の隣に行って」

　末席で静かに飲んでいると、二年の学年主任に追い立てられた。どういうわけか飲み会では、校長のことは「社長」、他の先生方も「さん」づけで呼び合うようだ。会場も個室の座敷を押さえてあるし、教師の宴会と周りに悟られたくはないのだろう。

「はい、ここ。座って」

　気づけば上座の、校長と教頭の間に座らされていた。先生方が次々と、二人にビールを注《つ》ぎに来る。話に夢中で莉歩のことに気づいていないが、料理を取り分けておいたほうがいいだろうと気を回した。

教員の飲み会に参加したのははじめてだった。校長を頂点とした体育会系のノリで、なんだか暑苦しい。教育実習の打ち上げも兼ねているため六人の実習生もいるが、席に落ち着く暇もなく酌をして回らされている。若手の教師は料理と酒の手配に忙しく、「ちょっと、瓶ビール六本まだ来てないんだけど！」と店員を怒鳴りつける様子はとても教育者に見えなかった。

ヤだな、これ。憂さ晴らしにぱーっと飲みたい気分だったから来てみたものの、早くも後悔しはじめていた。酒が進むと会話は下ネタ寄りになり、修学旅行の引率をした教師が誰の下半身が立派だったかを暴露しだす。そんな下世話な目で見られるのなら、二本柳くんは修学旅行に参加しなくて正解だったと思う。

「お、これは君が取り分けてくれたのかな？」

校長がようやく手元に置かれた皿に気づく。「ええ、まぁ」と頷くと、一瞬キュッと肩を抱かれた。

「ありがとう。気の利く女は好きだよ」

ヒッ、と洩れそうになった悲鳴を呑み込む。この人たちは、コンプライアンスという言葉を知らないのかもしれない。

「図書室も君のおかげで使いやすくなったと聞いているよ。今の子はお膳立てをしてやらんと本も読まんからね。私の若いころは、活字と見ると貪るように読んだもんだけどなぁ」

褒めてくれたのはいいが、すぐに自分語りに入ってしまった。カフカ、ヘミングウェイ、オーウェル、聞いてもいない読書遍歴を披露して、実に気分がよさそうだ。いつ終わるとも知れない一人称の物語を、遮ることもできずただ拝聴するしかない。

適度に相槌を打ち、ビールが少なくなれば注ぎ、ここに座らされたのは無償のキャバ嬢役を務めるためだったのかと悟ったころ、「社長、お疲れ様です」と曽根原先生が校長の傍ら、莉歩の反対側に膝をついた。

「あれ、君今来たのか」

「はぁ、片づけが長引きまして」

「遅刻してくるとはけしからんな。気が緩んどる」

「はぁ、すみません」

曽根原先生は仕事で、こちらはただの飲み会だ。言いがかりじゃないかと、莉歩は密かに眉を寄せた。

ビール瓶を掲げてみせられても、校長はグラスを手に取ろうともしない。曽根原先生がテーブルに置かれたままのグラスに注ごうとしたせいで、思いのほか中身が勢いよくほとばしった。

「あ、申し訳ない」

テーブルを伝ってきた液体が、スカートにしゅわしゅわと吸い込まれてゆく。莉歩が呆然としていると、曽根原先生はなに食わぬ顔で、「トイレ、出て左です」と指差した。

スカートは幸いプリント柄で、シミが目立つことはなさそうだった。ティッシュで水分を押さえてから座敷に戻ってみると、若手教師による一気飲みが始まっている。大学生の飲み会と部屋を間違えたんじゃないかと疑ったが、そのわりにはみんな歳を取りすぎていて、なぜか物悲しい気持ちになった。

「あ、柿谷さん、ここどうぞ」

入り口付近に座っていた男性が、隣の空席を叩いて示す。ツンツンヘアーの教育実習生だ。近くで見るとピアスの穴が左右合わせて五つもある。どちらかといえば遊んできたタイプの学生だろう。

大学時代の恋人に、どこか似ている。酒気を孕んだ顔を見て、そう思った。女を、やれるかやれないかで分類するような男だ。そして莉歩はたいていの場合、「やれる」側に入れられる。

そっか、この人私としたいのか。口元にじわりと自嘲が滲む。好きでたまらない人からは求められもしないのに、三日後には顔を忘れていそうなこんな子に、あわよくばと思われている。

誰かをひどく、傷つけたい気持ちになっていた。できればどうでもいい男の人を。男に傷つけられてきた自分には、その権利があるはずだ。

周りを見回せば、離れ小島になった席で、曽根原先生が飲んでいた。会話にも加わらず背後の壁に背中を預け、だるそうな空気を醸し出している。

さっきのあれは、校長に捕まっていたのを助けてくれたのだろう。莉歩は実習生に笑顔だけを返し、曽根原先生の隣に座った。

「ああ、どうも。スカート平気でしたか」

曽根原先生が軽く頭を下げる。莉歩は頰に恥じらいの色を乗せて微笑んだ。

「大丈夫です。あの、ありがとうございました」

「はい？」

「さりげなく助けてくださって」

「違いますよ。たんに手元が狂っただけです」

しれっとそんなことを言って、片膝を立てる。いつにも増して眠たそうな目で、曽根原先生は「ちょっと自意識過剰なんじゃないですか」と片頬を吊り上げる。

やっぱり嫌な男だ。でも一つ分かった。この男は相手を見て失礼な態度を取っているわけではない。校長相手にあの調子なのだから、気に病むことはなさそうだ。

曽根原先生がワイシャツのポケットから煙草を取り出し、火をつける。この離れ小島は喫煙席だった。校内では吸える場所がないから教師はことごとく禁煙し、今では吸う人のほうが珍しい。

ほんのりと煤けた香り。曽根原先生からたまに感じる体臭はこれだ。炎天下の体育祭で日に焼けて、鼻の頭が赤くなっている。

先生が気を利かせてくれないから、莉歩は余っていたグラスに手酌でビールを注いだ。ぬるくて苦い。煙草の煙に軽く噎せ、目尻に浮いた涙を指で払った。

「あんた、前からこういうの来てたっけ」

「いえ、はじめてです」

「そう。じゃあもう来ないほうがいいよ」

今度は実習生たちが立たされて、「ダービー、ダービー」と囃《はや》されながら、誰が一番速く飲めるかを競わされている。本来なら、こういった無茶な飲みかたを窘《たしな》めなければいけない立場なのに。根性論が通じない世代にこんなことをさせて、教師を諦める人が出るかもとは考えないのだろうか。

「いつもこんな感じなんですか？」

「ああ。立場の弱い奴が無茶させられて、いない奴は悪口言われて、生徒は噂話の的にされる。通常運転だな」

生徒間のいじめがなくならないわけだ。酒が入っているかどうかの違いだけで、ここは彼らの世界とあまり変わらない。むしろ序列があるぶん、いっそうやっかいだ。

「先生は、よく参加なさってるんですか」

「まぁ、一応ね」

「どうして？」心底つまらなそうなのに、という言葉は呑み込んだ。

「そりゃあんた、家に帰っても寂しいからじゃないでしょうか」

まるで他人事《ひとごと》みたいに言う。バツイチとは聞いているが、一人暮らしなのだろうか。レトルトカレーのパウチを温める、四十男の背中が見える。

「ああ、そっか。あんたも寂しいからか」

「違います」

むきになって否定した。これではまるで「そうだ」と言わんばかりだ。

博之とは、相変わらず上手くやっている。どこで仕入れた知識なのか、ED治療薬の副作用をものすごい勢いで並べ立て、治療を拒否されはしたけれど。もはや「そっか、体に悪いんじゃしょうがないね」と、引き下がるしか道はなかった。

今さら「セックスがしたい」と泣きついて嫌われたくはなかったし、それ以外ではこの上なく理想の人だ。きっと誰もが羨《うらや》む夫になってくれる。彼の遺伝子を受け継げば、子供だって可愛いはず。ただし、莉歩の体内に挿入されるのはシリンジなのだけど——。

殺伐とした想像に、莉歩はぶるりと身を震わせた。彼と結婚すればもう、この体が女として愛されることはない。枯れるまであと何十年？　その歳月を、どうやって乗り越えてゆけばいいのだろう。

「根に持ってんの？」

曽根原先生の発言からは、すでに敬語が抜け落ちている。苛立ちを隠しきれず、莉歩は「は？」と問い返した。

「あんたのID断ったから。そうじゃなきゃ、わざわざ俺んとこ来ないだろ？」

「そんな。私はただ、さっきのお礼を——」

「だから勘違いつってんじゃん。分かったならもう行けば？」

核心をつかれて言葉を呑む。その通り、この人にならなにをしても許されると思った。デリカシーのない失礼な中年男。そうはいっても莉歩が笑顔で近づけば、どうせ鼻の下を伸ばすのだ。その顔を拝んで馬鹿にしてやりたかった。

「俺みたいな冴えないおっさんに断られたのが許せないか？　すごいな、あんた。男はみんな自分に興味があると思ってんだ」

どうしてそんな、ひどいことを言うのだろう。

きっと同じだ。この男も、莉歩のような女なら傷つけてもいいと思っている。目立つ体をして、無自覚に蜜を振りまく様子が忌々しいのだ。おそらく彼も、異性に恨みを抱いているから。

嗚咽を堪《こら》えようとして、喉の奥がきゅっと鳴った。求められないことがあることくらい、わざわざ指摘してくれなくても、博之のおかげで思い知らされている。彼が興味を持ってくれないから、他の男の反応を見て自信を回復しようとしたまでだ。性的な目で見られるのを嫌悪しながら、けっきょくその評価に縋《すが》ってしまう自分がいる。

「なにも、知らないくせに」

ようやく絞り出した声は涙に溶けている。

テーブルに煙草の灰がぼたりと落ちた。

「おい、勘弁してくれよ」

女を泣かせておいて、うんざりしたように吐き捨てる。曽根原先生は本当にクズだ。泣き止《や》まなきゃと焦るほど、感情が昂《たかぶ》って涙が止まらない。体育教師がうっかりビール瓶を蹴倒して、みんなそちらに気を取られているのが幸いだった。

「ほら、来いよ」と腕を引かれる。

博之よりも節くれだった手に導かれ、莉歩は座敷を後にした。


曽根原先生のジャケットからは、嗅ぎ慣れない男のにおいがした。煙草と汗と、古い毛糸みたいなにおい。いい香りではないけれど、これが案外嫌じゃない。

泣き止まない莉歩に頭からジャケットを被せ、曽根原先生は居酒屋に引き返して二人分の鞄を取ってきた。「帰るぞ」と、まるで恋人のように言う。

「家どこよ?」

莉歩は無言で首を振る。もう少しだけ、このジャケットの中で守られていたかった。

「あんた、ホントにたち悪いな」

呆れたような吐息が聞こえる。飲み会は間もなくお開きだ。「二次会行く人〜」という声を、店を出る直前に聞いた。このままここに立っていたら、他の教員たちに見つかるだろう。

曽根原先生が車道に寄り、タクシーを止めた。

「はい、乗って」

急かされて乗り込めば、「奥詰めて」と先生まで乗ってきた。

どこに連れて行かれるのだろう。ドアが閉まる音を聞きながらぼんやり思う。

なんだかもう、どこだっていい。捨て鉢な気分で後部座席に身を沈める。お酒も入っていることだし、過ちを犯すならこんな夜だ。

「すみません、そのへんしばらく流しててください」

てっきりこのまま、ホテルにでも直行するのだと思っていた。だから曽根原先生が運転手に向かってそう告げたときは驚いた。

「落ち着いたら住所言えよ」と胸の前で腕を組む。意外にも紳士的だ。

「なんだよ、なに見てんだよ」

「いえ――」

週末の街の景色がゆっくりと後ろに流れてゆく。カーラジオの天気予報によれば、明日の関東地方は曇り。ところによりにわか雨か雷雨。車内のフレグランスが少しきつい。

「危なっかしいんだよ、あんた」

横顔を見せたまま、曽根原先生が怒ったような口をきく。

二本柳くんと、同じことを言っている。

ジャケットの下から窺うと、ギロリと睨み返された。

「笑ってんじゃねぇよ」

莉歩は口元を押さえる。涙はすでに引っ込んでいた。

「あー、もう。しょうがねぇなぁ」

投げやりに呟いて、曽根原先生は首の後ろを盛大に掻く。後頭部の寝癖がふよふよと揺れた。

「スマホ、そん中に入ってるから取って」

ジャケットの右のポケットだ。突っ張るような重みがあるからすぐ分かる。取り出して渡すと、曽根原先生は面白くもなさそうに弄りはじめた。

「やっぱ、ＩＤ聞いとく。教えて」

「えっ？」

「うるせぇ。俺ごときはどうせ巨乳が好きだよ」

「なにも言ってませんけど」

堂々とセクハラ発言をされているのに、悪い気はしなかった。態度も最低だし、「聞いとく」って何様だ。それでも大きな鳥の羽毛に撫でられたみたいに、脇腹がやけにくすぐったい。

断るという選択肢は頭になかった。「いいですよ」と傍らに置いたバッグをまさぐる。博之から、LINEにメッセージが入っていた。

彼は今、県南西部に出張中のはず。戻りは翌週半ばと聞いている。なにげなく画面を開き、そのとたん鳩尾《みぞおち》がぎゅっと引き絞られた。

『そんなわけで結婚してからもよろしくお願いしますよ、香澄さん』

いわゆる誤爆というやつだ。他の人へのメッセージを、うっかり莉歩に送ってしまったのだろう。本人も三分後には気がついて、『ごめん、間違い。仕事関係の人に送ったつもりだった』と訂正が入っている。

「ん、どうした？」

急に固まってしまった莉歩を、曽根原先生が横目で怪訝《けげん》そうに見る。登録画面を開いて準備は万端。期待を持て余した顔で待っている。

莉歩は説明を求めるように、スマホをそちら側に向けた。

「なに、彼氏？」

画面を一瞥し、先生は即座に状況を把握した。莉歩は無言で頷き返す。

知らない女の人の名前。仕事関係の女性を、ファーストネームで呼んだりするものだろうか。莉歩と結婚した後も、なにを「よろしく」したいのだろう。

「ふぅん」興味がなさそうに視線を逸らす。曽根原先生はその場しのぎの優しさを発揮しない。

それがどうしたと言わんばかりに、「ま、浮気じゃない？」と言い放った。

第四章　探索

一

博之の胸が規則的に上下している。健やかな寝息の音。彼は深い夢の中だ。

睡眠時間は短いほうだが、安眠のために寝具にはかなりこだわっている。一度寝ると、目覚ましが鳴るまではめったに起きない。莉歩はベッドが軋まないようゆっくりと、ヘッドボードに手を伸ばす。

博之のスマホのOSは、莉歩と同じだ。指紋認証で登録されているのが左手の親指だというのも知っている。タオルケットから出ている博之の手を慎重に取り、親指を当ててみた。

あっけないほど簡単に、ロックが外れた。

このシステムは、本当にプライバシーの保護に役立っているのだろうか。暗証番号ならもっと手こずっただろうに。

画面から拡散する光が煩わしくて、莉歩はそっと寝室を出る。証拠を見つけたときのメモ用に、自分のスマホも持ってゆく。

「そんなに気になるならスマホでも見れば？」と、そそのかしてきたのは曽根原先生だった。一週間前の、飲み会帰りのタクシーの中でのことだ。「浮気だなんてそんな」とうろたえる莉歩に、こともなげに言い放った。

「あんたら女は、罪悪感もなく見るだろ」

「ひと括《くく》りにしないでください」

そのときはとっさに反論した。恋人とはいえ、人のプライバシーを漁《あさ》るなんて浅ましい。女というカテゴリーで括るのはやめてほしかった。

曽根原先生は知らないのだ。博之が浮気などできない体だということを。

近ごろは、博之のほうから莉歩に触れてくることもなくなってきた。その寂しさに、震えるほどの思いで耐えている。だから他の女にも、欲情なんかできるはずがない。

でもそれなら、「香澄さん」は何者だ。仕事関係って、同僚？　それとも営業先？　博之に直接尋ねればいいのだろうけど、怖くてその勇気が出ない。そのうちにタイミングを失って、とても聞けなくなってしまった。

せめてあの誤爆ＬＩＮＥの、前のやり取りが確認できれば――。

あまりにそればかりを考えていたものだから、胸の中がちりちりと焦げてきた。博之はあれっきりなにも弁解してこない。だから莉歩は彼の前では平静を装い、物分かりのいいふりをしている。でも鼻先をかすめるきな臭さは、日増しに強くなってくる。

二つのスマホを手に、ドキドキとうるさい胸を押さえた。電気もつけずにリビングのソファに座り、莉歩は自分への言い訳を考える。

だって、眠れなかったから。そう、これはほんの出来心。疑われるようなことをする、博之だって悪いのだ。

ただたんに、「なぁんだ」と安心したいだけ。前後の文脈が分からないから、勘繰ってしまうのだ。やっぱり博之は潔白だったと、すっきりして朝を迎えたい。

だから少しだけ「借りる」ね、博之。

深呼吸をしてから、スマホの中身を確かめる。お目当てのＬＩＮＥアプリをひと通り見て、莉歩は「なんで？」と眉を寄せた。

遡っても、「香澄さん」とのトーク履歴がどこにもない。勝手に消えるようなものではないから、博之が意図的に消したのだろう。

なんのために。こんなふうに、莉歩に盗み見られてもいいように？

ひゅっ、と喉の奥が鳴った。体の中が急に忙《せわ》しくなってくる。耳の奥まで鼓動が響き、脇の下に汗が滲んだ。

つまり、見られて困るようなものだった？

履歴を追うのを諦めて友達リストに目を通しても、「香澄さん」はいない。もっともこういうものは本名で登録していない人が多く、いても見分けがつかないだろう。

諦めてアプリを終了し、なにかに急きたてられるようにアドレス帳のアイコンをタップした。苗字が分からないから「あ」から順に見てゆくしかない。

幸い博之は定期的にアドレス帳を整理するので人数はさほど多くなく、流し見すればすぐだった。

それでも「香澄さん」は見つからない。いったい何者なんだろう。LINE上の博之の語調からすると、たぶん歳上だと思うけど――。

本当に仕事関係ならここかもと、莉歩は名刺管理アプリを開いた。物を増やしたくない博之は、名刺すらデータ化してクラウドで管理している。

そのリストの中に、あった。「大沢香澄」、この人だろうか。

肩書きは「ライター」となっている。会社名はなく、フリーランスで活動しているのだろう。博之の勤めるベネライズには書籍出版部門があるし、オリジナルの教材にミニコラムを載せることもある。仕事上の繋がりがあったとしても、なんらおかしなことはない。

そんなふうに自分を納得させようとしても、動悸と不安が治まらない。莉歩は自分のスマホを起動して、その画面を写真に撮った。シャッター音が意外に大きく、びくりと肩を震わせる。

耳を澄まし、寝室の気配を窺う。大丈夫、なにひとつ物音がしない。

撮った写真はブレていたが、文字が読めないほどではない。念のためと言い訳をしつつ、保存しておく。

莉歩のLINEには、浅倉さんからのメッセージが届いている。

『リホちん、寂しいよ。あたしって、なんでいつもこうなんだろう』

うっかり開いて、既読をつけてしまった。午前二時三十二分。明日は土曜だから、あちらもたぶんまだ起きている。

莉歩の対応がそっけなくなったのを感じてか、浅倉さんは急にしおらしくなった。同世代の友達と上手くやっていけないの、と同情を求めてくる。まるで大人の莉歩には、可哀想な子供の相談に乗る義務があるとでも言わんばかりに。

砂を噛んでしまったような、ざりっとした不快感に顔をしかめた。

どうしてこの子は、こんなにも無自覚でいられるのだろう。莉歩には莉歩の生活があり悩みがあるのに、深夜でもお構いなしで、こっちを見てと訴えてくる。「先生」なら無視できないだろうと、高を括っているところがある。

でも私、教師じゃないし。

生徒の問題に頭を突っ込む必要はなく、それに見合う時給をもらっているわけでもない。それに今は、浅倉さんを気に掛けている余裕がなかった。

でも既読をつけちゃったからには、無視するのもどうかと思うし。

『来週からは三者面談だね。それが終わればいよいよ夏休み。楽しみだね』

当たり障りのない文言を打ち込んで、無表情のまま送信ボタンをタップした。

二

翌日、莉歩は薄汚いモツ焼き屋の店内で、煙に燻《いぶ》されていた。

天井付近は煙がたゆたい、油断すると目にくるので常に細めていないといけない。帰りの電車ではさぞ迷惑だろうと予想がつくほど、髪にも服にも肉の脂のにおいが染み込んでくる。

カウンターの右隣に並んで座っているのは、曽根原先生だ。先生は左利き、莉歩は右利き。半袖から突き出た腕が時折触れる。

「ほら、それもうできてんぞ。さっさと食え」

「本当に？　焼き上がりがちっとも分からないんですけど」

ぷりぷりの豚の白モツを、ニラを細かく刻んで入れた辛みダレにつけて食べる。これはかなり臭うのでは。内心の抵抗は、モツを口に入れたとたん肉汁と共にはじけ飛んだ。

じた。

「旨いだろ」

得意げな曽根原先生に、言葉もなく頷き返す。いかにもくたびれていて不衛生で、女性は尻込みしそうな店なのに。歯応えがあってジューシーで、ほのかに残る臭みにさえ旨みを感じた。

「それで、なんの話だっけ？」

曽根原先生は襟元の緩んだTシャツにジーンズ、サンダル履き。今日も後頭部の髪が跳《は》ねている。部屋着のまま出てきましたという風体《ふうてい》で、喉を鳴らして生ビールを流し込む。

「だから、『香澄さん』です。どうして結婚なんて個人的なことを、彼はその人に話してたのかなって」

「ああ、はいはい。なんで飯食いながら、人の恋愛相談聞かなきゃなんねぇんだか」

「そっちが誘ったんじゃないですか」

「いや、まさか彼氏持ちが土曜の夜にフリーだとは思わなくてね」

スマホを見てしまったことは、博之にはまだバレていない。だが後ろめたさが顔に出そうで、一緒に過ごすのは気まずかった。本当なら二人で江の島に行くはずだったが、「風邪ひいちゃったかも」と空咳をして帰ってきた。

「今日明日あたり、空いてたら飯でもどう？」と曽根原先生からお誘いがあったのは、市立図書館で一人暇を潰していた、昼過ぎのことだ。

もともとはデートのつもりだったから、莉歩は小綺麗なワンピースを着ていた。「そんなめかし込んで来なくても」と呆れる曽根原先生に、「あなたのためじゃないです」とむきになって返してしまったせいで、デートがダメになった理由を喋らされていた。

「履歴を消してたって時点で、俺は充分黒だと思うがね」

と言いつつ、曽根原先生は網の上にコブクロを並べる。コリコリとした食感が楽しめる、豚の子宮だ。莉歩はなんとなく自分の下腹に手を置いた。毎月赤黒い血を流し続ける、その器官。突き上げるような悦びは、もう長らく味わっていない。

「でもたぶん、浮気じゃないです」

「なにを根拠に」

博之の体に関することだから、それは言えない。莉歩と裸で抱き合っても静寂極まりない彼が、「香澄さん」に機能するとも思えない。

莉歩がなにも答えずにモツを頬張っていると、曽根原先生は「面倒臭《くせ》ぇ」と実に嫌そうに顔をしかめた。

「気になるんなら本人を問い詰めりゃいいだろ」

「それはダメです」

「なんでまた」

「スマホを見たって分かったら、嫌われるかもしれないじゃないですか」

八月には、博之の実家へ挨拶に行くことになっている。莉歩の両親も彼のことを気に入っていて、式場は早く押さえとかなきゃとパンフレットを集めはじめた。ゴールに向けて着実に進んでいるのに、こんなところでコースアウトになるのはごめんだ。今も変わらず博之とは、温かな家庭を築きたいと思っている。

「は、浮気されといてなに言ってんの」

「だから、浮気じゃないんです」

「それホント意味が分からないんだけど」

べつに理解されようとは思わない。だが好きだからこそ緊張する博之とは対照的に、曽根原先生といるのは気が楽だった。嫌な人だったはずなのに、言葉とは裏腹にたまに見せる優しさが、莉歩にはなぜか心地よい。

たぶん自分をよく見せようとしなくても、文句を言いつつ受け止めてくれるからだろう。曽根原先生自身だらしないほどの自然体で、たとえ莉歩が脂臭かろうと歯にニラを貼りつけていようと、幻滅される気がしない。泣き顔を見せてしまったせいか、やけに肩の力が抜けていた。

それに曽根原先生は、どうやら莉歩を女として見ている。直接的な表現をしてしまえば、あわよくば寝たいと思っている。そのくせしつこく口説いてくるわけでもなく、博之に傷つけられた女の自信を適度に満たしてくれている。莉歩にとっては、ちょっともたれるのに都合のいい男だった。

通りかかった店員を呼び止めて、ホッピーセットと生レモンサワーを追加する。それから曽根原先生は、焼き上がったコブクロを莉歩の皿に入れてきた。

「百歩譲って浮気じゃないとして、だったらもう追及する必要ねぇだろ」

「まあ、そうなんですけど」

「それでも気になるってんなら、あんたが彼氏の潔白を信じてないってことだ」

莉歩は無言でコブクロを頬張る。淡泊だけど、深みのある味。伸縮性を感じる肉だ。子供を育むための器官を、微かな罪悪感と共に噛み締める。

赤いカウンターテーブルには、肉の脂が粒状になって飛び散っている。こんなギトギトした粘っこいものを、莉歩もお腹の中に溜め込んでいる。

「ああ、もう。あんた、分《ぶ》が悪くなったら黙るのやめろ。人の言うことにいちいち流されんな」

曽根原先生が不機嫌そうに鼻のつけ根に皺を寄せた。この人は、困っているときのほうが優しい。余計なことを言った罪滅ぼしのように、莉歩のためにサワーのレモンを搾っている。

「言いたいことがあるならちゃんと、言葉にして伝えろ。でなきゃ誰もあんたの胸の内なんか忖度《そんたく》してくんねぇぞ」

レモン汁を、種ごとサワーに注ぎ入れる。楕円形の種が氷の角にぶつかりながらゆっくり沈んでゆくのを目で追って、莉歩は「ありがとうございます」と顎を引いた。

曽根原先生は、思っていたよりも「先生」だった。それなのに、なぜあれほど勤務態度が悪いのか。本当は呆れるほど、面倒見のいい人なのに。

「ええっと、『大沢香澄』だっけか」

ホッピーセットは「ナカ」の焼酎がシャーベット状になっている。そこへビールに似た麦色の液体を注ぎ、先生は尻ポケットから自分のスマホを抜き出した。

「なにする気ですか」

体を寄せて手元を覗き込むと、検索エンジンに件《くだん》の名前を打ち込んでいるところだった。

「今どきの人間は、名前さえ分かってりゃなにかしらヒットするんだよ」

莉歩はそれほど手広くやっていないが、言われてみればSNSの中にも実名登録を原則としているものがある。そうでなくても職場のスタッフ紹介や、学生なら研究室のホームページなどに名前が載せられており、さらにネットニュースにでも取り上げられたら半永久的に残り続ける。

一般人でさえそうなのだから、署名記事を書くこともあるライター稼業ならヒットする確率は高くなる。やはり教育系のライターだろうか。博之と仕事をしているなら、おそらくそうだ。

「ああ、これじゃねぇか？」

検索結果を吟味していた曽根原先生が、署名記事を見つけたようだ。隣から流れてくる煙で画面が見づらい。だからはじめは見間違いかと思った。莉歩はうんと目を細める。

「女性風俗ライター？」

間違えてはいなかった。昨年刊行されたらしい著書、『激安性風俗店〜搾取かセーフティーネットか〜』のインタビュー記事だった。

冒頭に、本人のプロフィールが載っている。生年月日から計算すると、現在三十八歳。有名大学を卒業後、デリヘル嬢として働いた経験あり。その体験手記を元に三十一歳でライターに転向し、男性誌を中心に活躍の場を広げてきたとある。

写真の中で、こちらを向いて微笑んでいるのは、目鼻立ちの整った、ややふくよかな印象の女性だ。太っているのではなく、柔らかく包み込んでくれそうな雰囲気がある。若いころは、正統派の美人だったのかもしれない。

「いや、さすがにこれは違うでしょう」

博之とは、あまりに接点がなさすぎる。首を振ると、曽根原先生が「でもよ」と食い下がってきた。

「他にいねぇぞ、目ぼしいの」

検索エンジンに戻ってみると、「風俗ライター大沢香澄さん」以外では、赤ちゃんの名づけサイトや姓名判断ばかりがヒットしている。

「案外、デリヘル時代の客だったりしてな」

「なんですか、デリヘルって」

男性とは違い、風俗の種類には詳しくない。声をひそめて聞いてみる。

「デリバリーヘルス。女の子が出張してきてくれる形態な。建て前上は、本番はナシ」

「建て前、なんですか？」

「そ、結局は交渉次第なんだよな」

いや、まさか。あの博之が風俗なんて。お金を払って女の子を呼んだところで、いったいなにができるだろう。

だけど、EDになる前だったら？

肉の脂がよくないのか、お腹の中が落ち着かない。莉歩はレモンサワーのジョッキを摑み、勢いをつけて呷《あお》った。

聞き覚えのある歌が、するりと耳に滑り込む。

「Oh Happy Day」、映画にも使われた、有名なゴスペルソング。柔らかな歌声が、うとうとしていた莉歩の意識を掬《すく》い上げる。

なんて幸せな日、なんて幸せな日。

繰り返されるメインテーマに、唇の端が持ち上がるのを感じた。右頰に、温かい肩の感触。男の人のにおいがする。

幸せだ。神様に罪を許《ゆる》された歌。私の神様は、博之よ。

くすぐったいような気持ちで、もたれた肩に頰ずりをする。

「あ、起きた？」

思いがけない声に、飛び上がった。博之じゃない、曽根原先生だ。

外の景色が動いている。タクシーの中だった。

カーステレオから、「Oh Happy Day」が流れている。エアコンがついているにもかかわらず、運転席の窓は全開だ。モツ焼きをたらふく食べた莉歩たちは、おそらく臭うのだろう。

今って何時？　二軒目の居酒屋に移動した覚えはあるが、その先がおぼろげだった。

「ほら、水。気持ち悪くないか？」

「あ、はい。だいじょーぶれす」

我ながら呂律《ろれつ》が回っていない。手渡されたペットボトルの水を飲み、ふうと息をつく。

「あんたの家向かってるから、もうちょっと寝てな」

「はぁ、すみません」

先週もタクシーで、家の近くまで送ってもらった。だから曽根原先生は、だいたいの場所を把握している。

無茶な飲みかたしちゃったなと反省しつつ、背もたれに頭を預ける。何杯飲んだかも覚えていない。なんだっけ、どうしてそんなにたくさんのお酒が必要だったんだっけ。

「おっと、なんだよ危なっかしいな」

カーブしたタクシーの揺れに合わせて、体が大きく左に傾いだ。男の腕に抱きとめられて、反対側に引き寄せられる。

「ふふっ」肩に頭を預けて笑う。違う、博之じゃなく、これは曽根原先生なんだっけ。

まぁいい、少しだけ貸してもらおう。

曽根原先生の指が耳朶を撫でている。指先が扁平で少しぺたっとしており、触れられたところに違和感が残る。でも不思議と嫌じゃない。むしろ気持ちがよくて、莉歩は目をつむったまくすくすと声を上げた。

「あんたね、そんなんじゃ俺んちに行き先変更すんぞ」

「それはヤです」

「即答かよ」

先生の首筋は脂臭い。でもきっと莉歩からも同じにおいがしている。身を寄せていても不快じゃないのは、そのせいかもしれない。

「彼氏がアレで寂しいのかもしんねぇが、あんまり懐くな」

自分で引き寄せておいて、なにを言ってんだか。彼氏がアレ？　なんの話だろう。

「あれれ？」と顔を上げた。きょとんとしている莉歩に、曽根原先生が「覚えてねぇのかよ」と顔をしかめる。

「勃たねぇって、散々愚痴ってたじゃねぇか。いやもう、赤裸々すぎんだろ」

「嘘――」

ぐでんぐでんに酔った挙句、男性相手にそんな告白をしていたなんて。最低だし、博之にも申し訳ない。

でも本当は、誰かに聞いてもらいたかった。両親に相談できることではないし、莉歩には親しい女友達すらいない。

誰かに笑い飛ばしてほしかったのだ。「セックス？　そんなくだらないことで悩んでるの」と。「大丈夫だよ、遅かれ早かれ、やらなくなるって」と。

「俺はそんな男、別れりゃいいと思うけどね」

曽根原先生のアドバイスは、正反対だ。

「別れませんってば！」

思い出した。二軒目の居酒屋でもこのやり取りをした。ということは、本当に話してしまったのだ。

莉歩は「ああ」と頭を抱える。

「それじゃあ、あれも覚えてないの？」

「まだなにか？」

急速に酔いが覚めてきた。めったなことはしていませんようにと、祈るような気持ちで曽根原先生を見つめ返す。

「『大沢香澄』に電話して、会う約束取りつけてたぞ」

言葉はちゃんと聞こえているのに、脳が上手く処理できなかった。

「え、誰に？」

「『香澄さん』だよ、風俗ライターの」

ハッとして傍らにバッグを探す。曽根原先生が「こっち」と差し出してきた。ひったくるように受け取って、中をまさぐる。スマホの発信履歴には、ほんの三十分前の時刻が表示され、見慣れぬ番号が並んでいた。

三

週が明け、火曜からの四日間は三者面談期間である。授業は午前までとなり、そのせいか生徒たちは、どこかくつろいだ顔をしている。

莉歩のころはまだ母親といえば専業主婦が多く、学校行事に出るときはスーツの形が古かったり化粧が不自然に濃かったりと、ちぐはぐな印象を受けたものだ。近ごろは共働き家庭の増加で、母親たちのファッションもこなれている。

家族形態も複雑で、毎年春に提出させる家庭環境調査票とは状況が変わっていることもある。それでも保護者と連れ立って歩く子供たちが、友達に出くわすとお互い少しぶっきらぼうに振る舞うのは、今も昔も変わらない。

三者面談期間中、図書室は十四時で閉めることになっていた。

あと四十分——。壁の時計に目を遣って、莉歩は痛いほど脈打つ胸に手を当てる。

保護者が来るのを待つ間、時間を潰していた生徒たちも順番がきて一人減り二人減りし、今はもう誰もいない。静かすぎる空間に圧迫されて、莉歩は入り口の引き戸を開いた。

「わ、びっくりした」

ドアの向こうに立っていた曽根原先生が飛び上がり、莉歩も「きゃっ」と身を反らす。あちらも図書室に用があり、取っ手に指をかけたところらしかった。

「どうしたんですか、面談中でしょう」

タクシーの中での醜態を思い出し、気まずさを取り繕う。曽根原先生は急いでいるらしく、被せぎみに「浅倉来てない？」と問いかけてきた。

「来てませんけど」

近ごろは昼休みにもあまり顔を出さない。ＩＤの件で、莉歩がまだ怒っていると思い込んでいる。べつにはじめから怒ってはおらず、適切な距離を保とうとしているだけなのに、浅倉さんにはそういった微妙な感情が理解できないようだった。

「あ、そう。ちょっとＬＩＮＥしてみてくれる？」

曽根原先生はそう言って、左の人差し指をスワイプしてみせる。面談は浅倉さんの番だというのに、本人も、来る予定だった父親も現れる気配がないという。この後まだ面談を三組控えており、それで珍しく焦っているのだろう。

求められるままにメッセージを送ってみる。いつものことながら、感心するほどの素早さで既読がついた。

『あ、ごめぇん。なんかお父さんやっぱり行けないって言うから、それじゃ二者面談になっちゃうし意味ないじゃんと思って帰っちゃった』

「だ、そうです」

スマホの画面を向けて、浅倉さんの返事を直接見せる。

「だったらこっちにひと言くれっての」

曽根原先生は髪の中に手を突っ込んで掻き回した。忌々しげな舌打ちも、この状況ならしようがない。

「ありがとな。浅倉には、後で家のほうに電話するっといて」

そのまますぐに去ろうとする。だがふと思い出したように振り返り、「そっちも、健闘祈るわ」と言い置いて行った。

仕事を終えてから中目黒で、「大沢香澄」と会う予定になっていた。酔った勢いに任せての失態だから、よっぽどキャンセルしようかと思ったが、あちらもなぜか「会いましょう」と乗り気で、その後詳細を知らせるショートメールまで届いた。『私もあなたに興味があるの』と、意味深なひと言を添えて。

博之とは、本当に以前からの知り合いのようだ。どういう関係なのかは、『複雑だから、会ったときにでも』とはぐらかされた。つつけばなにが出てくるのか、得体の知れなさに身震いする。

でも、知りたい。博之のことならなんだって。婚約者の私にはたぶん、その権利がある。

己を励ますため、両手で握り拳を作る。

開け放したままの戸口に、人の立つ気配があった。「すみません」と背後から声をかけられて、莉歩はびくりと肩を震わせた。

「先生には本当に、息子がお世話になりまして」

そう言って、小柄な女性が深々と頭を下げる。全体的につくりが華奢《きゃしゃ》で、肩や首が儚《はかな》いほど痩せており、久しぶりにクローゼットから引っ張り出してきましたというような、ジョーゼットのワンピースを身に纏っている。アクセサリーを替えれば、このまま結婚式にも出られそうな装いだ。

「お蔭様で図書室登校とはいえ、ちゃんと学校に行ってくれるようになって」

「いえ、そんな。私がなにかをしたわけでは」

なかなか頭を上げてくれなくて、対処に困る。まごついていると、後ろに控えていた二本柳くんが「お母さん」と注意を促してくれた。

「先生、困ってるから」

やっと腰を真っ直ぐにした母親は、莉歩よりさらに目線が低かった。親子と言われればたしかに、柔和な顔立ちがよく似ている。髪は清楚にまとめてあり、育ちのよさが表れていた。

「すみません。母が、どうしてもお礼を言いたいと」

「そんなこと――。あの、息子さんにはむしろ、図書委員として助けてもらっていることのほうが多いくらいですよ」

保護者対応には慣れていない。喧嘩腰にクレームをつけに来られても嫌だが、こんなふうに慇懃《いんぎん》な態度で臨まれても身の置き所がなかった。それに二本柳くんは自主的に登校するようになっただけで、莉歩がそう仕向けたわけでもない。

「ですが、わたくしどもは救われておりますので。一年生のときは、この子はもう二度と外の社会に戻れないんじゃないかと心配で、心配で」

小さなバッグからハンカチを取り出し、角をそっと目頭に当てる。本来なら広がってゆくはずの息子の世界が小さく閉じてしまったのを気に病み、恥じていた。なにがいけなかったんだろうと、自分を責めもした。母親の涙に、当時の葛藤が滲んで見える。

「でもこうして先生にお会いして、なるほどと思いました。ね、葉月ちゃんに少し似ているのよね」

「ちょっと、お母さん」

息子に窘められても、気にせずそのまま先を続ける。

「この子の家庭教師をしてくれていた方なんです。夫の教え子だったんですけども。あなた、とても懐いていたのよね」

「お母さん！」

「六年生の終わりに急に辞めちゃって、ショックで成績が落ちてしまいましてねぇ。私立の受験も失敗して、それでこの子ったら不登校に」

「お、か、あ、さ、ん！」

「なによ、うるさいわね」

耳元に顔を寄せられて、母親はようやく口を閉じる。二本柳くんは、首筋まで赤くなっていた。

「余計なこと言わなくていいから」

「まぁ、生意気ね」

思春期の男の子としては、この無神経さは恥ずかしい。莉歩は曖昧な笑みを浮かべ、聞き流しているふりをした。

でも頭の中は忙しい。二本柳くんはやっぱり私立受験組だったんだ。どうりで公立中学レベルの学力を超えているはずだ。父親はたしか、大学教授だっけ。「葉月ちゃん」はゼミ生かなにかだったのだろう。

文脈からすると、二本柳くんのほのかな初恋のお相手だ。似ていると言われると、照れ臭くなってしまう。

「ほら、もう行かないと。時間」

「あら大変」

三者面談はこれかららしい。二本柳くんに急かされて、母親は再び深く腰を折った。

「では先生、失礼します。卒業までどうか、よろしくお願いいたします」

莉歩も「あ、はい」と姿勢を正し、頭を下げる。廊下に出て、二人を見送った。

二本柳くんも、あと八ヵ月で卒業かぁ。

そう思うと、後に残されるのがやけに寂しく感じられた。

四

二本柳母子の思いがけぬ訪問で、学校を出るのが遅くなってしまった。

特急電車に乗り遅れ、その後の急行にどうにか飛び乗る。それでも十分近く遅刻しそうで、その旨を伝えると香澄さんからは「ＯＫでーす」と軽い返事がきた。

駅に着いても、トイレで髪やメイクを直している余裕はない。早めに着いて心の準備を整えておきたかったのに、やぶれかぶれで指定されたカフェへと向かう。

足を踏み入れたのは、目黒川沿いのお洒落なエリアだ。香澄さんに指定されたカフェの外装は赤と黒で統一されており、オープンテラスではイタリアングレーハウンドがくつろいでいる。店に入ってみると、暗順応《あんじゅんのう》で目がちかちかした。

「香澄さん」は莉歩の顔を知らない。「お一人様ですか」と応対した店員に待ち合わせだと告げると、「あちらのお客様ではないですか」と窓際の席を示された。

そこにいたのは、ネットの写真で見るよりも綺麗な人だった。窓から差し込む光に透けそうなほど色が白く、手元の文庫本に目を落としている横顔は、ラファエロの描く聖母像のようでもあった。

「あの」尻込みしつつ声をかけてみる。ぱっちりと目を開けた香澄さんから、聖母の面影が消え去った。その代わり、活発で人当たりのよさそうな笑顔が浮かび上がる。

「あなたが莉歩さん？」

声も明瞭で聞き取りやすい。頷いた莉歩に正面の席を勧めた。

遊歩道を挟んだその先に、目黒川が流れている。リバービューのこの席は人気があり、予約が必要なのだという。

「すごいよね」と、香澄さんが弾んだ声を発した。「このきったない川を見ながら飲み食いして、なにが楽しいのかしら。都会の人ってホントよく分からない」

店員に聞こえないよう、声量は絞ってある。莉歩は「はぁ」と呆気に取られたまま頷いた。

「ものは試しで予約してみたんだけどね」

香澄さんはそう言って肩をすくめる。立場も忘れて気を許しそうになる、たちの悪い人懐っこさがあった。このままじゃ、相手のペースに巻き込まれる。莉歩は姿勢を正し、下腹にぐっと力を入れた。

「莉歩さんは、ずっと横浜？」

「ええ、そうです」

「おお、都会の人だ。私、信州」

肌の白さがいかにも雪国の人らしい。ただ白いだけでなく、ぬめっとした湿り気を帯びている。Tシャツの袖口から覗く二の腕の内側に、視線が吸い寄せられてしまう。

「注文、なんにする？」

その腕が動き、こちらにメニューを手渡してきた。彼女の飲みかけのグラスは、ミントの葉がたっぷりのモヒートである。

こちらも少しくらいアルコールを入れないと、緊張に押し潰されそうだ。莉歩も同じものを注文した。

「ごめんなさいね、平日に呼び出しちゃって。土日は子供たちがいるものだから」

「いいえ。え、お子さんが？」

「うん、三歳と五歳。お迎えは夫に頼んどいたわ」

三十八歳の女性が家庭を持っているからって、なにも驚くことではない。でも元デリヘル嬢で風俗ライターという肩書きとは結びつかなくて、莉歩はしばらく言葉を失った。一度でも風俗業界に関わってしまった女には、人並みの幸せは訪れないものと思い込んでいた。

そんな心中を見透かしたように、香澄さんは「ふふっ」と悪戯《いたずら》っぽく眉を持ち上げた。喉の奥が干からびてきて、莉歩は出されたばかりのモヒートを口に含む。

「可愛い人ね」

微笑ましげに目を細める、その表情に屈辱を覚える。この人はもう、莉歩を取るに足りぬ女だと見抜いてしまった。

だから女同士は嫌なのだ。「女である」ことに、惑わされてはくれないから。特に経験を積んだ、歳上の女は。

やっぱり来なければよかったと、後ろ向きな感情が頭をもたげる。嫌だ、この人。すごく怖い。博之のことがなければ、少しも関わりたくはない。

でも、そう。博之に関することなのだ。

「あの、ご著書拝読しました」

ほんのわずかでも自分を大きく見せたくて、予習してきた成果を披露する。

莉歩は彼女の本によって、風俗業界にも格差が存在することを知った。二時間で十万円以上の高級ソープから、三十分二千円の激安デリヘルまで。その中で香澄さんが取り上げていたのは、年齢、容姿、体型などに「地雷」を抱えた女性が多数在籍する激安店だった。

「あ、ホント？　ありがとう」

香澄さんは、「どうだった？」と感想を求めてきたりはしない。莉歩はいささかむきになる。

「それでも私、その業界を選んでしまうのはやっぱり安直だと思いました」

「うん、そうね。そうかも」

「そこに堕ちるまでに行政に頼ることもできたでしょうし、今はどこも人手不足なんですから、探せば職はありますし」

「そうだね。あなたみたいにまだ若くて可愛くて、ネットが使えて心身共に健康で、夫や彼氏の借金を背負ってなくて、今日寝る場所や食べるものに困っていなければね」

ピシリと切り返されて、口をつぐむ。香澄さんはまた、聖母の顔になっている。

「いいのよ、どう受け取っても。あなたの現実と、彼女らの現実は違うんだから。実際取材した中には、とんでもない怠け者で、意地が悪くて手癖も悪い、自業自得としか言えない子もいたしね。そんなふうに、自分で自分を救えない子たちがいるの。それでも生きてかなきゃいけないしさ」

たとえ食いものにされてもね。と、つけ加える。慈悲深いのか厳しいのか、よく分からない人だ。

「香澄さんは、どうして？」

頭に浮かんだ疑問が声に出ていた。

「ん、デリのこと？　私の場合はＯＬの収入だけじゃ奨学金を返せなかったっていう、安直なケース。でもやってみたら意外と面白くてね」

「面白い？」

嫌悪感が眉間に滲むのを止められない。莉歩にはどうしても、女性の弱みにつけ込んだ性の搾取に思える。女性たちも辛いとか気持ち悪いとか、本音を包み隠しながら嫌々働いているものと思っていた。

「行為自体はそんなに楽しいものじゃないけど、人がね。女だけじゃなく、客の男性も複雑な事情を抱えてるのよ。ま、大半はただ『ヌキたい』だけの客だけど」

まだ日の高いうちから、お洒落なカフェでする会話じゃない。莉歩が周りを気にしたのに気づき、香澄さんが顔を寄せてくる。

「人肌の温もり、話し相手、カウンセラー、疑似彼女にお母さん、いろんな役割を求められてきたけれど、中にはどうしても私の手助けが必要な人がいてね。取材も兼ねて彼らには、今も時たま会ってるの」

囀《さえず》るような声なのに、耳を塞ぎたくてたまらない。不穏な予感が胸をよぎる。

「たとえば脳性麻痺で自慰すらできない人、病気で人工肛門になっちゃった人。それから、あなたの博之くんとかね」

莉歩は痛みに耐えるように目をつぶった。

まさかとは思っていた。それなのに、「やっぱり」と腑に落ちるものがある。博之もまた、香澄さんの客だったのだ。

なんで風俗になんか行くかなぁと、責める声が聞こえてくる。

髪が短くてまだあどけない、大学生だったころの莉歩だ。当時の彼は謝りもせず、尖らせた髪の先を弄りながら「しょうがねぇじゃん」と開き直った。

「お前に飽きたとかじゃないんだって。別腹なんだよ」

「そんな、デザートみたいに」

「なに、じゃあお前、俺が超マグロでもひたすらサービスしてくれんの？　しないだろ？　そういうことだよ」

「それはだって、向こうは仕事なんだし」

「だよな。間に金を挟んでるからこそ、余計なプレッシャーがなくっていいんだ」

プレッシャー。

博之にも同じ言葉をぶつけられたことがある。男の人にとって、一般女性とのセックスはプレッシャーを伴うものなのだろうか。お金を払った相手には、対価としてサービスを求めることができる。そのほうが気楽でいいというのか。

「つまり博之は、あなたとなら『できる』ということですか」

目を開けると視界が曇っていた。涙のレンズが見るものすべてを歪ませる。香澄さんの微笑む顔が、トランプのジョーカーのようだ。

「誤解しないで。彼ははじめて会ったときから、まともに『できる』人じゃなかったの」

「本当に？」

タイミングを誤った涙がひと粒頬にふりかかる。香澄さんが手を伸ばし、おしぼりでそっと拭ってくれた。

「もう十年くらいのつき合いになるけど、保証する。私、彼の前で服すら脱いだことないのよ」

「そんなに長いんですか」

その事実は、また別の痛みを連れてきた。博之はそれほどに、香澄さんを必要としているのか。

でも「できる」わけじゃないのなら、なんのために。脳性麻痺や人工肛門の男性なら理由は分かる。だが博之は、ED以外の問題を抱えてはいない。

「博之くんからは、なにも聞かされていないんだよね？」

真剣な面持ちで問われ、莉歩は慎重に頷いた。なんの話だか見当もつかない。それでも「なにを？」と問い返すのは癪《しゃく》だった。

「そう。私もあなたに会ってから、話すかどうか決めようと思ってたんだよね。だって、結婚するんでしょう？」

もちろんそれは、そのつもり。今度は強く頷いた。

「あの博之くんがって、びっくりしたよ。相手はよっぽど理解のある人なんだろうなって。でも実際に会ってみて分かった。あなたにはたぶん、受け止めきれない。だから彼はなにも言わないんだわ」

とっさにモヒートのグラスを摑む。ドラマなら中身をすっかり相手にぶちまけてやるところだが、莉歩にはぬるくなってきた液体を啜《すす》ることしかできない。口の中に入ってきたミントの葉を、ぶちぶちと嚙み潰す。青臭いにおいが鼻に抜けた。

「だったら私もなにも言わない。ま、夫婦だからってなにもかも知ってなきゃいけないわけじゃないしね。私と会ったことは忘れて、幸せになってよ」

「なれませんよ！」

散々思わせぶりなことを言っておいて、それはない。

大声を張り上げた莉歩に、店員が歩み寄ってくる。注意されるのかと思ったら、「お席のお時間、あと三十分ほどになっておりますので」と言い置いて行った。そういえば時間制限のある席だった。

夕刻が近づいてきて、店は混みはじめている。香澄さんが「じゃ、そろそろ」と今にも腰を上げそうで、莉歩は焦った。

「納得できません。あなたには彼を受け止められるのに、私にはできないって言うんですか」

言葉にしてみると、屈辱で眩暈《めまい》がしそうだった。「彼と寝ている」と告白されるより、ずっとひどい。どうしてこの人に、愛の深さを測られなきゃいけないのだろう。

「そうね、そういうことになる」

「ふざけないでください」

笑顔を崩さない香澄さんを睨みつける。誰かに対して真っ直ぐに怒りをぶつけたのは、はじめてかもしれなかった。

「回りくどいことを言わないで。そんなのは、あなたに決めてもらうことじゃありません」

「あら、怖い」

目の前の女が本格的に憎くなってきた。

幸せな家庭があるくせに、この人は博之を自分のものだと思っている。彼のことを分かってあげられるのは自分だけと主張してはばからない、恥知らず。ひょっとすると博之にも、そう囁いているのかもしれない。

「彼が昔、いじめられていたのは知ってる？」

だが莉歩は、そのひと言であっけなく動揺した。親にも言ったことがないと、博之が打ち明けてくれた過去だ。だからてっきり、特別なことだと思っていたのに。

「知ってます」

やっとの思いで声を絞り出す。香澄さんは「そう」と頷いた。

「いじめの中身までは知らないのね？」

「――知りません」

優位性を見せつけられ、莉歩は膝頭を強く摑んだ。そうしていないと、発狂したように叫び出してしまいそうだった。

「だよね。どうしたものかしら」

そろそろ席を空けなければいけない頃合いだ。「いらっしゃいませ」。新しく入ってきた客を出迎えた店員が、「ご予約のお客様ですね」と通る声で確認している。もったいぶっている場合じゃなかった。

「お願いします、お願いします、お願いします」

なりふり構わず頭を下げる。この人と博之がどういう関係を築いているのか、どうしても知りたかった。そしてあわよくば、彼女の役目を引き継ぎたい。博之のためなら私は、みっともなく懇願することだってできるのだ。

周りの客がぎょっとして振り返る。それでも莉歩は頭を下げ続ける。

「ああ、もう。やめてよ」

香澄さんがはじめて不機嫌そうな声を出す。けだるげに、バッグからスマホを取り出した。

「分かったから、メアドかＬＩＮＥ教えてくれる？」

問われるままに、莉歩は自分のアドレスを口にした。それを手早く打ち込んで、香澄さんが立ち上がる。

「割り勘でいい？」

「いえ、ここは私が」

「そ、ごちそうさま」

食い下がらずあっさり奢《おご》られることにしたらしく、軽く肩をすくめた。

「後でお土産送っとくわ」

そう言って、スマホを振りながら帰ってゆく。

けっきょく、なにも分からなかった。呆然として座っていると、店員が遠慮がちに「あの、お客様」と声をかけてきた。


どうやって帰ってきたのかは知らないが、気づけば自分の部屋にいた。

服も着替えずフローリングに直に座り、階下のキッチンから漂ってくる料理のにおいを無意識に嗅ぐ。手伝わなきゃと思うのに、立ち上がる気力が湧いてこない。ゆるい寒天の中をやみくもに泳いできたかのように、手足がずしりと重かった。

香澄さんは、莉歩を相手になにがしたかったのだろう。からかわれているだけかもしれないのに、左手はスマホを握りしめている。いつの間にか室内は真っ暗で、時々確認する画面の明るさが目に痛い。

「莉歩ちゃあん、ご飯よぉ」

階段の下から母親が呼んでいる。「はぁい」と返事さえしておけば、二階までは上がってこない。食欲はまったく感じられず、食卓で母親のとりとめのない話題に相槌を打ち続けるのもしんどい気がした。

手の中の振動に反応して、肩がびくりと跳ね上がる。来た、香澄さんの言う「お土産」だ。メールを開くとさっそく青文字のURLが目に飛び込んできた。容量の大きいファイルを送るときに使う、ウェブ上のファイル転送サービスだ。パスワードが書き添えられている。

『リホさんへ
本日は中目黒までご足労いただき、ありがとうございました。
お約束の「お土産」を送ります。
このファイルを開くにあたり、いくつかの注意点があります。
一、決して生半可な覚悟では開けないこと。
二、できれば博之くんにトラウマを話してもらってから臨むこと。
三、絶対に博之くんを責めないこと。

それが守れないなら開けないでください。よろしくお願いします』

開けてはいけないお土産って、浦島太郎じゃあるまいし。

構わずURLをタップすると、ファイル名が本当に「玉手箱」になっていた。

よく分かった。香澄さんは、ふざけているのだ。

注意を無視して小窓にパスワードを打ち込んでゆく。大丈夫、博之と添い遂げる覚悟ならできている。元カノでもない香澄さんに、試されなきゃいけない謂《いわ》れはない。

ファイルは動画だった。

なにも考えずに指が再生ボタンを押す。

「いやだ、やめて！　ごめんなさい、ごめんなさい、ごめんなさい。ゆるして！」

映像が流れはじめるより先に、泣き叫ぶ博之の声が聞こえてきた。

第五章　制裁

一

東神奈川駅東口のロータリーに、莉歩はぽつんと佇《たたず》んでいる。定期的に吐き出される勤め人の群れは改札から繋がっている歩道橋を行くらしく、周りにはあまり人影がない。

スマホの時計を見てみれば、午後八時過ぎ。熱気が淀《よど》んで息がしづらく、まるで大きな生き物の腸の中にいるみたいだ。それなのにさっきから、脚が震えてしょうがない。

「おい！」と声をかけられ、顔を上げる。

ペタペタと鳴るビーサンの音、襟元の伸びたTシャツにジャージのズボン、ボサボサ頭。曽根原先生が近づいてくるのを見て、ほっと肩の力を緩める。

「いきなりどうした、なんかあったか」

唐突でも、呼べば来てくれることは分かっていた。東神奈川駅は、曽根原先生の最寄り駅だ。

「飯は？」

舌がもつれてまだ喋れそうになく、莉歩は無言で首を振る。香澄さんから送られてきた動画を見て、いてもたってもいられず、夕飯を食べずに家を飛び出してしまった。

「んじゃ、どっか入るか。俺さっきラーメン食っちまったけど」

縋りつくように、曽根原先生の腕を握る。汗ばんだ肌が、ぺたりと手に貼りついてくる。

「それか、コンビニでなんか買ってくか？」

ぼかした言葉の先に、男の下心が透けて見えた。

コンビニでなんか買って(俺んち行)くか？

行きませんと突っぱねられるほど、強くはなかった。頷き返すと、強く握った男の腕から軽い動揺が伝わってきた。


「駅から徒歩六分、フェラーリ488スパイダーなら〇・八秒。俺じゃねぇぞ、不動産屋の煽り文句だからな。スピード違反で捕まるし、だいたいフェラーリなんて買えるかっての」

アパートまでの道すがら、曽根原先生はいつになくどうでもいいことを喋り続けた。

駅から逸れるとすぐ、なんの変哲もない住宅街に入る。曽根原先生の提げるコンビニの袋の中で、焼酎とコロナビールの瓶が擦れて鳴った。時折思い出したように「ここ、神奈川宿の高札場《こうさつば》跡な」と、社会科教師らしい解説が入る。

六分以上は歩いたと思う。曽根原先生が一人虚《むな》しく暮らしているはずのアパートは思っていたよりも築浅で、コインパーキングと隣接していた。一階のベランダの出っ張りすれすれに車がバックで停まっており、「これ、たまに擦るんだよな」と、やっぱり問わず語りに喋った。

先生の部屋は、その一〇三号室だった。廊下で三分待たされてから、「どうぞ」と迎え入れられた。

仕切りのないワンルームは、入り口から奥までが見通せる。壁紙に染みついた、煙草のにおい。あまり使われた形跡のないひと口コンロと、通路にはコンビニ弁当の空き容器が詰まったゴミ袋。カーテンの丈は合っておらず、パイプベッドの上の布団は朝起きたままの形で丸まっている。

はじめて来たのに、懐かしい。学生時代の恋人の部屋と、だらしなさがよく似ていた。

「あ、そのへん座って」

薄っぺらな座布団を、はたいてこちらに渡してくる。普段はベッドを背もたれ代わりに、ローテーブルでパソコン作業をしているのだろう。真四角のテーブルは、冬にはこたつになるはずだ。

「ひとまず、飯食いな」

ノートパソコン、雑誌、爪切り、公共料金の振込用紙、なんらかの書類、テーブルに載っていたものをざっと片側に寄せ、空いたところに莉歩のためのコロナを置く。栓抜きはなぜか、本や教材の詰まったカラーボックスの隙間から発掘された。

「ライムはねぇぞ」

そう言って、曽根原先生は出しっぱなしのマグカップに焼酎を注ぐ。

コンビニで温めてもらったカルボナーラは、冷えているときはそうでもなかったのに、やけにギトギトして見えた。しかも外国人アルバイトがつけてくれたのはフォークではなく、箸だ。そのせいで、さらに食べる気力が削がれた。

「冷めるぞ」

曽根原先生は片膝を抱くようにして、ちびりちびりと焼酎を舐める。沈黙をテレビで誤魔化さないのは、莉歩への配慮だろうか。話を聞こうとしてくれている。夕方会った香澄さんから、なにかよからぬことを聞かされたと察している。

自発的に喋り出すのを待たれるのも、空気が重い。莉歩は箸でパスタを一本摘み上げ、ツルツルと口に押し込んでゆく。もったいぶりたいわけじゃない。いったいなにが起こっているのか、自分でもよく分かっていないのだ。

香澄さんから送られてきた動画は、「いやだ、やめて！」という博之の絶叫から始まっていた。声が入っていなければ、黒のボクサーパンツ一枚で震えている男が博之だとは気づかなかったかもしれない。髪は汗でぺたりと貼りつき、顔の輪郭が変わるほど身も蓋もなく泣きわめいていた。

ラブホテルの一室だろうか、趣味の悪いベッドカバーの端が映り込んでいる。博之はフローリングの床に尻をつけて座り込んでおり、狂ったように笑う香澄さんの声が耳に痛かった。声の近さからして、彼女が撮影者なのだ。

「ざけんじゃねぇぞ、つまんねぇんだよてめぇ」

やや芝居がかった台詞を吐き、香澄さんの足が博之の肩を蹴った。室内なのに、なぜか黒のパンプスを履いている。

「ああっ！」情けない声を上げ、博之が横倒しになった。香澄さんの蹴りは、それほどの衝撃には見えなかった。

「ほら、自分で脱いでみろよ」

「嫌だ」

「てめぇに拒否権ねぇから。早くしろよ、みんな待ってんだよ！」

みんな？　画面の外にも人がいるのだろうか。でも、第三者の声は入らない。部屋の中には、たぶん二人きりだ。

映像が大きく揺れた。香澄さんが倒れたままの博之の尻を蹴る。今度は手加減がない。

「ぬーげ、ぬーげ、ぬーげ、ぬーげ」

手の代わりに腿を叩き、囃し立てる。まるで大勢で唱和しているかのように調子を取る。

「いやだ、いやだ、いやだ！」

呼吸困難のように喘《あえ》ぐ博之の顔がアップになった。涙と鼻水でぐちゃぐちゃで、哀れより先に嫌悪を催すほどあけすけだった。

「うるせぇんだよ」

その顔を、黒のパンプスが踏みつける。

画面がズームアウトした。ムンクの叫びのように顔をひしゃげさせ、博之は最後の一枚に手をかける。

そして莉歩ははじめて見たのだ。博之のその部分が、赤黒く濡れたように怒っているのを。

「でもまぁ、あれだ。そういうのって、さほど珍しいことでもねぇしさ」

曽根原先生の声に、物思いから引き戻された。気づけばパスタは半分ほど減っており、胃の中がずしりと重い。

鼻先が煙いのは、先生が煙草を一本吸い終えたせいだ。吸い殻の溜まった灰皿でもみ消して、手元に目を落としたまま続ける。

「俺も結婚生活の最後のほう、そうだったし。風俗の女の子とならできるけど、カミさんとは無理なのよ、不思議なことに」

なんの話をしているのか、しばらくは分からなかった。曽根原先生は、沈黙を続ける莉歩の代わりに先回りをして会話を進めていた。

「でも、愛してんのはカミさんなのよ。男ってのはこう、心と体が連動してねぇっつうか、なんとも思ってない女のほうが妙に頑張れちゃったりするわけ。だからその、彼氏もさ、心はあんたにあるんじゃねぇの。いや、知らんけど」

下手な慰めだ。博之と香澄さんが、肉体関係にあったと思い込んでいる。

でも莉歩が見たのは、見てしまったのは、決してそんなものではなかった。

博之は、香澄さんに指一本触れなかった。香澄さんも、時折軽い暴力を振るう以外は博之に触れなかった。

博之は唇を噛み締め、絶えず涙を流しながら、嘲り罵られ、恥辱にまみれて一人で果てた。最後に画面いっぱいに、博之の顔が映し出された。顎の下にうっすらと、切り傷の跡があった。剃刀が横滑りしたと、苦々しく笑っていたのを思い出す。あれはいつのことだっけ。まだ最近の出来事だ。

重たい胃に、コロナビールを流し込む。あまりのことに涙も出ない。曽根原先生に説明しようにも、ギトギトのカルボナーラのように上手く消化しきれず、なにから喋ればいいのか分からなかった。

それならどうして、私はここにいるんだろう。

もっと、強いお酒が必要だった。

「お、おい」

膝を進め、先生の手からマグカップを奪い取る。ストレートの芋焼酎は、鼻がツンと痛むほど強い。食道が熱く燃え、莉歩はその勢いで曽根原先生の腕の中に飛び込んだ。

「待て、こら。早まるな」

言動が一致していない。そう言いつつも先生は、莉歩の肩に手を回している。

Tシャツに染み込んだ、汗のにおいが博之と違う。干し草と肉を一緒に燻したようなにおいがする。

この人は、きっと断らない。

「しょうがねぇな」と呟き、湿った指先で髪を撫でてくる。

博之と香澄さんの間にあったもの。それはセックスではなかった。けれども性的な交流なのは明らかで、莉歩との間には望めなかったものだった。香澄さんは性のパートナーとして、博之に求められていた。

どうして？　私には、なにも求めてはくれないのに。

曽根原先生の指が、しだいに熱を帯びてきた。扁平な指先が、髪を撫でるついでにすっとうなじに触れる。身を任せたままでいるとだんだんあからさまになってきて、愛撫は耳の後ろや頬に及んだ。

——そうよね。

太腿にたしかな手応えを感じ、莉歩は思う。

むくりむくりと別の生き物のようにうごめく、収まりどころを欲する器官。私って、ちゃんと魅力的よね？

ずくりと、下着の中が重く疼《うず》いた。スイッチを握っているのは莉歩だった。久しぶりに、溺れる男が見たかった。

「あっ」耳朶をくすぐられ、小さく声を上げてみる。甘く、鼻にかかった声を。

サインを受け取った指が顎の輪郭を撫で、莉歩の顔を上向かせる。見たこともない真剣な眼差しが近づいてくるのを、避けずに待った。唇の先が触れる間際に、目を閉じる。

じれったい腹の探り合いは終わった。莉歩は裸に剝かれ、男くさいベッドの上に横たわっていた。

子猫のような鳴き声は、自分の喉の奥から出ている。安いパイプベッドの独特な軋み。明かりは消しておらず、薄く目を開けると視界が白い。その中に、こちらを見下ろす汗ばんだ男の顔が浮かんでいる。

そう、これだ。この顔が見たかった。これほどひたむきな男の顔は、このとき以外に見たことがない。

もっと欲して、私を。柔らかくて、甘いはず。全部食べさせてあげるから、お願い、私だけを欲して。

どうしても出なかったはずの涙がひと筋だけ、黄ばんだ枕に吸い込まれていった。

二

翌日は仕事を休むことにした。

どのみちまだ三者面談期間中で、授業は昼までだ。職員室に電話をかけて司書教諭の中村先生に替わってもらい、放課後の数時間は二本柳くんたち図書委員に貸出業務を任せることになった。

いつもなら、つまらねぇ理由で休んでんじゃねぇよとでも言いそうな曽根原先生は、ベッドに突っ伏す莉歩の頭を「無理すんな」と撫でた。「鍵はガスメーターんとこ入れといて」

と言いながら電気シェーバーでざっと髭を剃り、出かけてゆく。外から見ると玄関ドアの隣には、メーターボックスがついている。

なんとなく体がだるく、曽根原先生が行ってしまってからも莉歩はベッドの上に転がっていた。借り物のTシャツは、家とは違う洗剤の香りがする。だったらこの体は今、曽根原先生のにおいに染まっているのだろうか。

「やべ、ゴムがねぇ」と言うから、お腹に出してもらったほとばしり。男の人は、いろんなにおいがするから不思議だ。

莉歩はごろりと寝返りを打ち、欠勤の連絡を入れたまま枕元に置いてあったスマホを手に取った。香澄さん宛てに『これはなんですか。説明してください』とメールを送ったが、返事はない。目の端に乾いた目やにを感じながら、もう一度動画を再生する。

博之の絶叫、泣き声、怯えた目。いつも涼しい顔ばかりで、莉歩にはこんな表情を見せたことがない。やっと人間的な感情が戻ってきて、悔しさに眩暈すら覚えた。果てた後の博之が、カメラを横目に照れ笑いをする。

「いつもすみません、香澄さん」

「いいのよ、少し落ち着いた？」

「はい、お蔭様で」

それは泣きはらした子供の顔だ。香澄さんを信頼しきっている。香澄さんは聖母のような眼差しで、博之を包み込んでいるのだろう。

動画はそこで終わっている。すぐに再生ボタンを押し、また頭から観はじめた。おぞましいのに、目が離せない。心臓が、喉のすぐ下で鳴っている。

二人のやり取りを覚えるほど、何度も何度も観返した。それでも理解は追いつかなかった。やっぱりこれは、開けちゃいけない玉手箱だったのだろうか。

香澄さんのメールに戻り、ファイルを開く前の三箇条を読み直す。

一、決して生半可な覚悟では開けないこと。
二、できれば博之くんにトラウマを話してもらってから臨むこと。
三、絶対に博之くんを責めないこと。

ルールを破るとなにかしらの制裁を受ける、それがおとぎ話の中の掟だ。

テーブルに目を遣ると、昨夜の食べ残しのカルボナーラが、色を失い乾いている。喉元に突き上げるものがあり、莉歩は慌ててトイレに走った。

吐けるものはあまりなく、胃液ばかりがだらだらと出た。黄色い飛沫のこびりついた便器に顔を突っ込み、涙と共に垂れ流す。

辛い、悔しい、苦しい、ひどい。腹の底から醜い化け物が顔を出す。

「復讐しちゃえば？」耳元で囁く声がする。「あの動画があれば、彼を社会的に抹殺することもできるよ」

しない、そんな卑怯なことは。

「そう、じゃあ彼は卑怯じゃないの？『私』に我慢を強いといて、外ではちゃっかりお楽しみ。『私』、いいように使われたんだよ」

使われたって、なに？

「結婚するなら、このくらいの馬鹿がいいってこと。笑えるね。『私』って、もらえもしないご褒美を期待して舌を出してる犬みたい」

みっともない譬えはやめて。私が「私」をみじめにしないで！

莉歩は立ち上がり、口をゆすぐ。洗面台の鏡に映る顔は、目の周りが赤らみ腫《は》れている。

「大丈夫、大丈夫」二度唱えて息を吐く。冷たい水で顔を洗い、化粧水がないことに思い至った。

もう家に帰ろうか。でも昔の男の部屋に似たこの空間は、現実からは少し遠い。

灰皿の中の吸い殻を一本咥《くわ》え、火をつけてみる。深く吸い込み、たちまち噎せた。舌の上に広がる苦みが懐かしい。吸えもしないのに、「ひと口ちょうだい」とねだった遠い日だ。

莉歩は考えるのを放棄して、夏用の薄い掛け布団に包まる。やや利きすぎのエアコンが、外界からこの部屋を切り離していた。


曽根原先生は、夕方の早い時間に帰宅した。

三者面談を終え、他の仕事はうっちゃってきたのだろう。ベッドの上でくすぶっている莉歩を見て、困惑と喜びの入り混じった顔をした。

「なに、もしかして本当に具合悪い？」

首を振ると、「ふぅん」と歌うように呟き、莉歩に覆い被さってくる。

「はぁ、なにこれ気持ちいい」

胸の谷間に顔を擦りつける先生は、無邪気だった。貸したTシャツが莉歩の尻まですっぽり覆っているのを見て、「あんた、本当にちっさいんだな」と太腿を撫でる。昨夜《ゆうべ》の熾火《おきび》が簡単に炎を噴き出し、莉歩はたまらず両方の膝頭をすり合わせる。

「浅倉がさ」

だが曽根原先生は手慰みに莉歩の胸に触れつつ、まったく別の話題を持ち出した。

「三者面談が無理ならせめて二者面談って呼び出したんだが、あいつ高校行かねぇって言い出しやがって」

同じような主旨のＬＩＮＥが、莉歩のもとにも届いていた。この社会で中卒という肩書きが未来の可能性をどれほど狭めるかも知らずに、『早く独立したいんだよね』と綺麗事で飾りたてる。本当は、引き留めてもらいたいだけのくせに。

まともに相手をするのが面倒で、莉歩は『そっか、偉いよ頑張って』とだけ返した。期待をするのはやめてほしい。大人だって、目の前のことで精一杯なのだから。

「意外と気にしているんですね、浅倉さんのこと。クラスで孤立しているのは放置しているのに」

曽根原先生は、熱血教師とはほど遠い。クラスの生徒がどんな進路を選ぼうと、関心がないのだと決めつけていた。

「そりゃああんた、公立中学校なんて、住んでる地域で大雑把に集められただけのことだろ。それで『さぁ、みなさん今日から仲良くしましょう』って、できるかよ。合わねぇ奴とは距離を取る、あたりまえの処世術じゃねぇか」

「でもそれ、いじめじゃないんですか」

「ハブられる奴が週単位で替わるんならともかく、それでバランスが取れてんなら大人は首突っ込まねぇほうがいい。下手に掻き回すと本格的ないじめに発展しかねないからな。あんな泥沼はもうごめんだ」

「泥沼だったことがあるんですか？」

「ああ。前の赴任先で、ちょっとな」

手を伸ばし、曽根原先生の眼鏡を外す。装飾物を失って、急に頼りない印象になった。この人だって、過去に失敗を抱えているのだ。

「それってけっきょく、自分が一番大事なんでしょう？」

ワックスのついていない髪に指を差し入れてやると、先生は自嘲気味に笑った。

「違いねぇ」

ずぶずぶと、肉欲の沼に嵌まってゆく。

曽根原先生は莉歩の体を上手に折り畳む。その指は欲しいところに届き、度々莉歩をおかしくさせる。好きでもない男に抱かれているのに、嫌になるほど気持ちがよかった。

外に出るのも億劫で、夕飯は宅配ピザを取った。

体を使っているせいか、昨夜の食欲のなさが嘘のようによく食べた。モッツァレラチーズは二人の欲望のように際限なく伸び、やがて切れる。本当は、ずっと餓えていたのだと気がついた。

曽根原先生がシャワーに消えた隙に、もう一度スマホをチェックする。香澄さんからのメールはやはりきていない。代わりに博之からＬＩＮＥが入っていた。

『香澄さんからすべて聞きました。一度会って話がしたい。構いませんか？』

少し改まったこの文面を、彼はどんな顔で打ったのだろう。これだけでは、莉歩との今後をどうしたいのか分からない。

時計を見れば、終電までは充分間がある。莉歩はメイクポーチを取り出して、顔にファンデーションを塗り込んだ。

ルール二、できれば博之くんにトラウマを話してもらってから臨むこと。

順番は前後してしまったが、博之が話したいと言うなら聞かなければ。真実を知るのは怖い。いっそ目をつむってしまいたいけれど、知りたいという欲望もまた、同じくらいに強かった。

「え、なに帰んの？」

曽根原先生が濡れた頭を拭きながら、風呂場から半裸で出てきた。莉歩は眉毛を描き足して、「はい」と答える。

「彼と、話をつけてきます」

「ああ、そう」

先生は引き留めなかった。ベッドの前の定位置にどかりと座り、煙草を咥える。百円ライターの火は、なかなかつかない。

「じゃあ、居座ってすみませんでした」

「ん、健闘を祈る」

さっきまで深く絡み合っていたのに、未練などないと言わんばかりに手を振った。先生は、手放すことに慣れすぎている。

「あの、また来てもいいですか？」

尋ねると、眉を持ち上げてこちらを見た。口元に、けだるげな笑みが広がってゆく。

「ああ、どっちでも」

「ありがとうございます」

莉歩は心から礼を言った。博之と向き合う覚悟ができたのは、曽根原先生のおかげに違いなかった。

いざとなればまた、この部屋に逃げ込めばいいのだ。

三

外は雨が降っていた。曽根原家の玄関に立てかけてあった中から無作為に選んだビニール傘は、骨が一本折れていて、雫《しずく》が莉歩の肩を濡らした。

車が時折水溜まりを撥ね上げる以外は、静かな夜だ。秘密の話にはもってこいに思えた。

インターフォンを押すと博之は、少しやつれた顔で莉歩を出迎えた。薄く笑った目元に疲れが見える。それでもシャンプーの香りのする髪は丁寧に乾かされ、部屋は相変わらず不自然なほど整っていた。

「ごめん、遅くなった」

「いや、いいんだ。莉歩はどこにいたの？」

「えっ？」

「お母さんが、突然出て行ったまま戻らないって」

そういえば母親からも、何件か着信が入っていた。連絡がつかず、心配して博之にかけたのだろう。

「うん、友達のうち」

「そっか」

博之がひくりと鼻をうごめかす。急に行って泊めてくれる友達なんて、莉歩にはいない。体には、曽根原先生のにおいが染みついている。

だが目の前の問題で頭がいっぱいの博之は、小さな違和感を見過ごした。

「悪かった」と、前置きもなく謝ってくる。

「それは、なにに対して？」

引かずに追及すると、博之は軽く目を伏せて、「コーヒーでも淹れるよ」とひとまず逃げた。

隙のないリビングに座り、莉歩は自分の髪を嗅ぐ。シャワーくらいは浴びてから来るのだった。先生の部屋にいる間は、においが移っていることに気づかなかった。

けれども今比較的冷静でいられるのは、他の男に抱かれてきたという負い目があるからだ。おかげで博之に、泣いて詰め寄らずに済んでいる。

ルール三、絶対に博之くんを責めないこと。

生々しく愛された体を、莉歩はきつく抱きしめる。そのルールは、どうやら守れそうだった。

キッチンから、ドリップされたコーヒーのいい香りが漂ってくる。博之がファイヤーキングのカップを二つ、テーブルに置いた。

ブラックのまま口をつけると、いつもより苦い。豆を替えたのだろうか。

博之はソファではなく、床のラグに直接座った。莉歩の正面になるのを避けている。端整な横顔が、蠟《ろう》で固めたようにこわばっていた。

「香澄さんに、会ったんだね？」

「うん」

コーヒーの表面に、唇の脂が渦になって広がってゆく。

長いため息と共に、博之は頭を抱えた。

「まさか君が、そこまでするとは思わなかった」

後悔は、莉歩にもあった。スマホを見たあと直接問い詰めていれば、博之は莉歩を上手く騙《だま》してくれたのだろう。もしかしたらそのほうが、愚かしくも幸せな日々を送れたのかもしれない。

「ごめんなさい」

「いや、莉歩を責めてるわけじゃなくて――」

珍しく歯切れが悪い。博之は続く言葉を探していたが、もう一度深く息を吐き、手のひらを差し出してきた。

「見せて、香澄さんが送ったっていう動画」

足元のバッグを引き寄せ、件の動画を表示させてから、スマホをその手に置いてやる。すっかり耳にこびりついた、痛々しい悲鳴が流れ出した。醜態をさらす己を見下ろし、博之は片頬に自嘲を刻む。

「ああ、これか」

香澄さんが撮った動画は、おそらく他にもあるのだろう。

キリッと小さく奥歯が鳴る。莉歩は歯を噛み締めすぎていた。

「これ、消していい？」

博之は動画を停止して、そう聞いてくる。

「その代わり、君が別れたいと言ってもゴネないから」

そうだ、この人も手放す人だった。

曽根原先生の場合は仕方なく、そして博之は自分から切り捨てる。テーブルに二つ並んでいるカップも、莉歩と別れたとたん片方はゴミになるのだろう。

「ダメ」

とっさにスマホを奪い取っていた。そんなに簡単に、終わりにされてたまるものか。

「話がしたいんじゃなかったの？　私、まだなにも聞いてないよ」

香澄さんは、「あなたにはたぶん、受け止めきれない」と言い放った。博之もそう思うから、証拠を消してさよならしようとしている。そのためだけに呼び出されたのなら、許さない。

「別れたいなんて、ひと言も言ってない。ただ、知りたいの。これはなんなのか、なんのためにこんなことをしているのか。香澄さんは、博之にはこれが必要なんだって言ってた。そうなの？」

　責めるような口調にならないよう、言葉を選ぶ。曽根原先生の指の感触を思い出せば、どうにか正気を保っていられた。

　博之はきつく眉を寄せる。苦しげな表情に、なぜだか脇腹がゾクリと震えた。

　莉歩はソファから立ち上がり、他の男に散々嬲らせた胸に博之を抱く。

「別れない。絶対に、別れてあげない」

　きっと、受け止めてみせる。今の博之に必要なのは女ではないのかもしれない。だったら、求められるものになってみせる。

「言ったでしょう、私はあなたの味方なの。私たち、結婚するんだよ」

　博之の体から、スッと力が抜けるのが分かった。その手が莉歩の腰に回される。

「まだそう思ってくれているの？」

「うん、もちろんだよ。うちの両親だって楽しみにしてるんだから」

　これで婚約が立ち消えになってしまったら、親にまた心配をかける。もはや二人だけの問題ではないのだ。勝手なことは許されない。

　腕の中で、博之が乾いた笑い声を立てる。

「じゃあ、聞いてくれる？」

ゆっくりと莉歩の体を引き剝がし、膝を抱えて座り直した。その目は不安そうに、遠くを見ている。

「俺ね、中学のときいじめられてたでしょ」

声を出さず、莉歩はただ頷き返す。いじめが原因らしいことは、香澄さんも匂わせていた。でも二十年も前のいじめが、今さらなんだというのだろう。

「実はそれ、性的ないじめも含まれてたんだよね」

唇を震わせて呟く、博之の声はか細い。それでも訥々《とつとつ》と、己の身に起こったことを語りはじめた。

四

人気《ひとけ》のない漁港を、学生服の少年が横切ってゆく。山の端に残る夕日が万物の影を深くし、カモメが不穏に鳴いていた。なにかに追われるかのごとく、少年は後ろを振り返り、係留された漁船の間を縫うように走る。

その頰はすでに赤く腫れており、制服には泥がついている。破れ網に足を取られ、危うく転びかけたが持ち直した。頭を低くし、刺し網が吊るされた網小屋に身を隠す。

顔の前に垂れ下がる網は磯臭く、しゃがんだ足元をフナムシが這う。軽薄極まりない笑い声が、しだいに近づいてきた。ここに隠れたまま、どうにかやり過ごすしかない。

「ちょ、お前それヤベぇって」

「マイネームイズ、ミスタ、ツヤーマサァーン！」

「ウケる。超似てる！」

なにがそれほどおかしいのか、連中は大爆笑だ。なぜか自分をＭｒ．津山サンと呼ぶ、英語教師のものまねだった。腹をよじって笑っているのは、同じクラスの多田、影山、佐藤。その中に、女子の声まで混じっている。

「ねぇ、もう帰ろうよぉ。あたし、お腹空いたぁ」

口元を手で覆い、息を押し殺していた少年は目を見開く。間延びしたこの喋りかたは、佐伯ゆり奈だ。ヤンキーっぽい外見ながら、学年で一番可愛いと噂されている。一度も喋ったことはないが、目立つので教室にいるとつい目で追ってしまう。

「ちょっと待てって。後で『うまい棒』奢ってやっから」

「十円じゃん」

「影山ケチくせっ！」

声からすると、あと二人は女子がいる。ゆり奈といれば男子と喋れるからなのか、彼女には取り巻きが多かった。

「でもさぁ、かくれんぼで鬼に帰られたら悲しくね？　ちゃんと見つけてやんなきゃさぁ」

そう言う佐藤の、にやついたニキビ面が目に浮かぶ。かくれんぼ、鬼ごっこ、キツネ狩り、彼らはいつも少年を一度は逃がし、じわじわと追い詰める。職員室に逃げ込んだときは、翌日体育倉庫の跳び箱の中に手足を縛られ閉じ込められた。あのときはそんな姿で人に発見されるのが嫌で、奴らが様子を見に来る放課後までひたすら息を殺していた。

「みーやたくーん、あっそびっましょー」

連中の姿がついに視界に入った。多田が声を張り上げて、漁船の中を覗き込んでいる。彼らにとって、これは遊びだ。猫が鼠をいたぶるのと同じ。だから大人から注意されても、「俺ら、遊んでただけでーす」と心から言える。少年はただの玩具《おもちゃ》だった。

絶対に見つかるわけにはいかない。逃げおおせても翌日またやられるだけだが、どうにか今日を切り抜けたかった。

少年を隠してくれるのはおどろおどろしく垂れ下がった刺し網だけだ。身を硬くして、手足を縮める。その拍子にうっかり網の端を踏んでしまい、目の前の網目が微かに揺れた。

「ねえ、今なんか動かなかった？」

ゆり奈の顔がこちらを向く。「マジで？」と、全員の視線が集中する。

跳ねるような足取りで、お調子者の多田が近づいてきた。少年はちらりと背後を見遣る。

網小屋は柱と屋根だけで壁はなく、奴らと反対側に走れば逃げきれそうだった。

多田が鼻歌混じりに、入り口の網を掻き上げる。よし、今だ。タイミングを見計らって飛び出した。

「あっ！」

叫んだのは少年だった。いつの間に回り込んだのか、佐藤が目の前で腕を広げていた。勢いを殺しきれず、その胸に正面からぶつかった。

「うぇーい、確保！」

運動部でもないのに佐藤はクラスで一、二を争うほどガタイがいい。小柄な少年は難なく押さえ込まれてしまった。

「やめろよぉ！」

もがいても、びくともしない。同い年とはいえ、圧倒的な体格差だ。

「ダメじゃん、宮田ちゃあん。かくれんぼは見つかったら負けよぉ」

影山が細い目をいっそう細くし、少年の耳をつまんで引っ張る。手加減のなさに「痛い！」と声を上げると、いきなり鳩尾を蹴り上げられた。

「あったりまえじゃん、痛くしてんだよ」

息ができなくなり、体が丸まる。だが佐藤に後ろから羽交い締めにされ、崩れ落ちることも許されない。

「罰ゲーム、罰ゲーム！」

　囃し立てる多田の声がやけに遠い。

「んもう、なにやってんのぉ」非難はするが、女子たちに止める気はなさそうだ。霞む視界の片隅で、ゆり奈がガムを噛みながら携帯をいじっている。

「おい、ゆり奈、こっち来いよ。お前が見つけたんだから、こいつ好きにすれば？」

　佐藤に呼びかけられ、顔をしかめつつも近寄ってくる。前に立たれると彼女の目線のほうがはるかに高く、少年からは顎の下のほくろが見えた。

　潮風がゆり奈の、明るすぎる髪を撫でてゆく。いつの間にか残照は山の端に吸い込まれ、彼女の姿も淡い藍色のベールに包まれていた。

　まるで映画のワンシーンのような美しさ。ゆり奈は少年を見下ろし、白く滑らかな頬を歪める。

「は、ちっさ」と鼻で笑った。

　彼女の目にも少年は、同等の人として映ってはいなかった。

　それでも彼は期待する。相手はか弱い女の子だ。野蛮な男子たちのように、殴る蹴るの暴行はしないだろう。ゆり奈がひと言「やめよう」と言えば、このまま家に帰れるかもしれない。

彼はまだ知らなかった。少女という生き物が持つ、異性に対するある種の敵意を。そのぶん男同士より、無頓着に相手を傷つけられるのだということを。

「なに、その目。キモいんだけど」

語彙が足りないくせに、単純な言葉で心を抉《えぐ》ってくる。

思春期ならではの鬱屈は誰の胸にもくすぶっており、常にはけ口を探していた。だるそうに腕を組んではいるが、ゆり奈は無抵抗な獲物を前に、嗜虐の虫を疼かせる。嚙んでいたガムを指先でつまみ、「ほら、食えよ」と顔の前に突き出してきた。

いやいやと首を振っても、影山に顎を摑まれる。無理矢理口を開かされ、生ぬるいガムを押し込まれた。

人が嚙んだ後のガムは味が抜け、自分のではない唾液がジュッと滲む。

「いやぁん。いいなぁ、ゆり奈のガム」

多田がふざけて身をくねらせる。おかっぱとショート、二人の女子がキャハハと甲高い声で笑った。

顎を捉えたまま咀嚼《そしやく》させられ、これまで味わったことのない種類の屈辱に涙が込み上げる。

口の中のガムは汚濁の塊。だが数回嚙むと彼自身の唾液に馴染み、違和感はなくなった。それが残念なことのように感じられ、少年は混乱する。

「うわ、泣くんだ。ウザいね、こいつ。チンチンついてんの？」

「うほー、チンチン！」

「やだ、俺勃っちゃう」

「馬鹿、お前が勃たせてどうすんだっつの」

美少女の唇から紡ぎ出された俗語に、多田たちが色めき立つ。嫌な流れだ。案の定、佐藤が少年の耳元に「おい、ついてんのかどうか、ゆり奈に見せてやれよ」と囁いた。

ぞくりとうなじの毛が逆立つ。影山が「よっしゃ」と腕まくりのジェスチャーをして、少年のズボンのベルトに手をかける。

「やだ、やめてやめて、やだ、許して！」

佐藤に口を押さえられた。おかっぱとショートが、「ちょっと、やめなよぉ」と言いながらニヤニヤしている。

「なに、お前らチンチン見たことあんの？」

「え、ないけどぉ」

「弟のなら」

ゆり奈は見たことがあるのだろうか、影山の質問には答えず、「じゃあシコらせてみようよ」と無情に言い放つ。多田たちはまたもや大喜び。「ゆり奈、最高！」と祭り上げられ、彼女はこのくらいなんでもないという素振りを見せている。

三人がかりで押さえつけられ、抵抗も虚しくズボンが剝ぎ取られた。潮で粘りつく外気に、つるりとした脛《すね》がさらされる。

「なぁ、ここちょっとヤバくね？」

多田が首を伸ばし、辺りを見回した。暮れかかった漁港に人の気配はないが、視界は開けている。いつ誰に見咎《みとが》められないともかぎらない。

「そこ」と指示を出したのはゆり奈だった。

力ずくで少年は——博之は、さっきまで隠れていた網小屋に引きずり込まれた。

五

そこまで語って博之は、震える両手で顔を覆った。

コーヒーが、手つかずのまま冷めている。手首に指を押し当てて、「はは、脈拍すごい」と憔悴した顔で笑った。

莉歩は口を挟まず聞いていたが、会話が途切れてもかけるべき言葉が見つからなかった。

「ひどいね」と、月並みなコメントを絞り出す。

「しかも、一度きりじゃなかった。いじめに彼女が加わるときは、必ず最後に自慰をさせられた。二年の夏の終わりから、クラス替えがあるまでずっとだ」

ゆり奈が加担する機会は回数として多くはなかったが、それでも少年だった博之の心に深い傷を刻み込むには充分だった。

「自殺の二文字が頭をよぎることもあった。でも俺が死んでもあいつらは、反省なんかしない、絶対に。無駄死にだけはしたくなかった。なにをされても、生き抜けば俺の勝ちだと思った」

「うん、うん。頑張ったね、頑張ったんだね博之、偉いよ。そんな人たち、もう充分見返してやれたんじゃない?」

励ましているうちに感情が昂って、莉歩まで洟《はな》を啜り上げる。いじめっ子たちのその後は知らないが、おそらく博之ほどいい会社に勤めてはいないだろう。今でも地元でくすぶって、馴れ合いを続けているんじゃないかと勝手な想像を働かせる。

「そいつらよりも博之は、ずっと強いよ。生きてくれて、ありがとう」

博之がなかなか顔を上げないものだから、心配になって耳当たりのよさそうな言葉を並べ立てた。生きて過去を乗り越えたから、二人はこうして出会えたのだ。彼の努力を、心から称賛したい。

だが莉歩は、すぐさま見過ごせない事実に思い至る。香澄さんの言っていた、博之のトラウマとはこれに違いない。

「でもどうして、今も香澄さんとあんなことをしなきゃいけないの？」

そこが腑に落ちなかった。辛い過去を回顧するようなまねを、する必要がどこにあるのか。

動画の中の香澄さんは、明らかに「ゆり奈」の言動をなぞっていた。

エアコンが思い出したようにウォンと鳴る。日づけはすでに変わっていた。今夜は眠れそうにない。

博之は赤らんだ目を閉じて、鼻から抜くように息を吐き出す。気持ちを落ち着けているのが分かる。

「実は、ここからが本題なんだ」

吐き気を催すほどの緊張が伝わってきて、莉歩は唾を飲み下す。それから急拵え《きゅうごしら》の微笑みを貼りつけ、「なんでも聞くわ」と態度で示した。二度と後戻りできないという予感がしても、引くわけにはいかなかった。

指先が白くなるほどきつく手を組み合わせ、博之は祈るようなポーズを取った。

重い唇が、ゆっくりと開く。

「軽蔑してくれたっていい。俺はもう、あのシチュエーションじゃないと興奮できないんだ」

ザアッと雨脚が強まる音がした。急に激しくなったようで、隣家の屋根がどうどうと鳴る。梅雨の終わりの雨だろう。

莉歩と博之は、もう何年も止まぬ雨に降り籠められているかのように、動じなかった。たとえこの雨で川が氾濫したとしても、高台にあるこのマンションまでは届かない。それよりも彼らにとっては、足元に現れた泥濘《ぬかるみ》のほうがはるかに重大だった。

泥濘は、博之を中心として同心円状に広がってゆく。心の闇と呼ぶにはあまりに粘っこい、まさしくヘドロのようなものだ。

「興奮？」

しばらく押し黙っていた莉歩は、膝先に迫る泥濘から逃れるように身を引いた。

「え、待って。どういうこと？」

嘘だ、本当は分かっている。その証拠に、声が上擦っていた。動画で観た博之の、怒張したパーツが頭に浮かぶ。

「自殺を考えるくらい辛い出来事だったんでしょう。それがなんで、興奮に繋がるの？」

莉歩とじゃれ合っていたときは、ひたすら沈黙を保っていたあのパーツ。女としての価値を落とされたような気分にまでなったのに、そんなタネ明かしでは納得できない。

「知らないよ。どうしてこうなったのか、俺が聞きたいくらいだ。大学に入ってはじめて彼女ができて、気づいたんだ」

勃たないってことに。と、博之はほとんど吐く息だけで呟いた。

「相手を替えても、風俗に行ってもまるでダメ。そのときの俺の絶望が、君に分かる？」

生き抜いてやると決意して、高校時代も人並み以上に努力を重ね、心機一転。辛い過去から逃げおおせたと思っていたのに、追いつかれた。敵は外部ではなく、博之の内側に深く根を張っており、それがついに芽吹いたのだ。

「俺はね、欠陥品なんだよ。あいつらに殴られた傷はもうどこにも残っていないけど、内側はすっかり歪んでしまった」

この泥濘は、博之が溜め込んできた鬱屈だ。彼はずっとそこで足掻《あが》き続けてきたのに、莉歩には見えていなかった。

ずぶずぶ、ずぶり。気づけば莉歩も、取り込まれかけている。

博之は嘆くでも激するでもなく、機械のように淡々と喋った。まるでそうしていないと、壊れてしまうとでもいうように。

抑揚のない声が、呪文のように耳に響く。オレハネ、ケッカンヒンナンダヨ。

「それでも往生際悪く、風俗をいくつか試すうちに、デリヘル時代の香澄さんと出会った。できないと分かると彼女は、一人のときはどんな妄想をするのかと聞いてきたよ。それでやっと分かったんだ。あの苦痛でたまらなかった記憶が、いつの間にか快楽の回路と繫がってたって」

欠陥品なんかじゃないよと、言ってあげることはできなかった。莉歩には博之のセックスのスイッチが、誤作動を起こしているようにしか思えない。テレビのリモコンを押したら、エアコンがつくようなもの。それは明らかに、異常だった。

「じゃあ、あのDVDはなんだったの？」

「DVD？」

「桃川はるな」

不本意ながら、すっかり覚えてしまった名前を口にする。ナース姿でにっこり微笑んでいた女優である。

「ああ、中身は観なかったんだ？」

「観るわけないでしょう」

「観れば分かるよ。あれね、男性患者が無理矢理服を剝ぎ取られて、ナースたちに弄ばれるシーンがあるんだ」

そう言って博之は、露悪的な笑みを浮かべた。もしかすると彼は本当に、莉歩に軽蔑されたいのかもしれない。

「だったらべつに、EDだなんて嘘をつかなくても」

「まともに機能しないんだから、EDで合ってるだろう。こんな性癖を暴露されても、君は今以上に困ったはずだ」

海風の吹く、横浜赤レンガ倉庫の情景を思い浮かべる。博之に告白をしてOKをもらえた、思い出の地だ。あの場面には、たしかにそぐわない話だった。

「恋愛も結婚も、俺には無理と諦めてた。だから君からの告白も、嬉しかったけど一度は断ったんだ。それでも君は、セックスなんかしなくていいと言ってくれたから」

あんまり好きじゃないとは言ったが、しなくていいとは言っていない。

莉歩に覚悟が足りなかったことは認める。物心ついたころから異性の粘っこい、あるいはからかうような視線にさらされ続けてきたから、惚れた男から求められない辛さなど、想像してもみなかった。

「君となら、上手くやれる気がした。人並みに結婚をして、家庭を持てるんじゃないかと思った。でもやっぱり、こんな大きな歪みを隠したままじゃ無理だったね。君は俺が思っていたより、知りたがりだった」

そうだ、莉歩は知っている。この人は、自分を守りたいときには特に多弁になる。

「それって、私がいけないの？」

「違うよ、そうじゃない。全面的に、君を騙そうとした俺が悪い。幻滅しただろう。俺は、こんなにも醜い」

私に向かって、被害者面しないでよ。胸の中だけで、そう呟く。

「隠したまま、結婚するつもりだった？」

「ごめん」

「謝らないで。責めてるわけじゃない」

額に手を当て、首を振る。手のひらがひどく汗ばんでいる。

本当は、「ひどいよ」と泣きつきたかった。「私ってただ、都合のいい女だったの？」と。でもここで莉歩まで被害者側に回れば、行きつく先は別れしかない。

莉歩はまだ、関係を修復する道を探していた。決まりかけていた結婚を、台無しにするのは嫌だった。喜んでくれた両親を、失望させたくはなかった。

「私じゃ、香澄さんの代わりになれない？」

ずぶり。莉歩は自ら、泥濘の中に足を踏み入れた。誰かの代わりを務めるなんて、ひどく虚しい。それでも博之に必要とされるなら、甘んじて受けようと思った。

けれども博之は、神妙に首を振る。

「うん。莉歩には、ああいうことをさせたくない」

よく分かった。博之が莉歩に求めていたのは、貞淑な妻。性的なにおいのしない、生活共同体の一員だ。己の幸福に疑問を抱かず、シリンジで授かった子に愛情を注ぐ。そんなおめでたい存在でいてほしかったから、なにも知られたくはなかったのだ。

香澄さんが送ってきた動画は、まさに玉手箱だった。一度開けてしまったら、開ける前には戻れない。目をつむってやり過ごすには、毒々しすぎる事実だった。

「じゃあさ、それじゃあ――」

博之のすべてを知りたいなんて、思わなければよかった。後悔が喉の奥に引っかかり、嗚咽が洩れる。回らない頭の中で、必死に模索していた。どうしても、引導を渡されたくはなかった。

それなのに博之は、莉歩が最も回避したいと思っているひと言を、いとも簡単に口にした。

「ごめん、莉歩。俺たちやっぱり別れよう」

第六章　天啓

一

ピッ、ピッ、ピッ、ピッ——。

誰もいない図書室に、バーコードリーダーの音が無機質に響く。

静かだ。遠くから聞こえる野球部の掛け声と蟬の声が、静寂をいっそう際立たせる。蛍光灯をつけていない室内はほの暗く、どこかノスタルジックな気配が漂っていた。

七月二十一日、夏休みは今日からだ。この学校は二学期制を採用しており、三者面談期間が終わってしばらくすると終業式もなく長期の休みに入る。それでも運動部は暑さにめげず、青春の眩《まばゆ》さのようなものを撒き散らしていた。

ピッ、ピッ、ピッ。莉歩は書架の前に立ち、図書を一冊ずつ抜き出しながらバーコードを読み取ってゆく。今日と明日の二日間は、毎年恒例の蔵書点検に充てられていた。在架の図書を片っ端から読み取って所在を確認し、行方不明の本を割り出す作業である。

図書の貸出や、返却作業が完全にストップした状態でないといけないから、夏休みに入ってすぐに行われる。傷みが激しいものや、情報が古いと思われる廃棄本もついでにピックアップしてゆく。

単純作業は頭の中を空っぽにできるところがいい。博之に別れを切り出され、深夜にタクシーで帰宅したあの日から、すでに七日が経っていた。

別れを決定的なものにしたくなくて「お願い、考えさせて」とメッセージを送っても、返事はなくそのままだ。莉歩はまだ、現実を受け止めきれていなかった。

この蔵書点検が終わってしまうと、図書室の開館日は夏休みのうち三日間だけ。休み期間中も仕事のある教員とは違い、その三日以外は莉歩も休みだ。時給制の非常勤の身としては収入が心許《こころもと》ないが、それ以上に、あり余る時間と向き合うのが恐ろしかった。

母親はさすがに勘がよく、このところ外泊のない莉歩に「博之さんと喧嘩でもしたの？」と聞いてくる。一ヵ月間どこにも行かず家にいれば、破局を悟られてしまうだろう。どうにか博之が考えを改めてくれないかと、暇さえあればスマホばかり眺めている。

「あれ、一人？」

入り口の引き戸が開く音に、振り返る。長身の曽根原先生が、ひょろりとそこに立っていた。

「はい。テニス部のほうでトラブルがあったらしくて、中村先生にはそちらに行ってもらいました」

司書教諭の中村先生は、女子テニス部の顧問でもある。三年のクラス担任もしているため常に忙しく、一つの場所にあまりじっとしていない。

「ああ、そう。あの人も熱心だよなぁ」

勤務態度が正反対の曽根原先生は、眠そうに首の後ろを掻きながら図書室に入ってくる。授業がないぶんいつもより、さらにやる気がなさそうだ。部活の顧問はたしか、囲碁将棋部だったはず。夏休みに活動するほどアグレッシブな部ではない。

「中村先生をお探しですか？」

「いや、そういうわけじゃねぇんだけどさ」

曽根原先生はそう言うと、作業中の書架にほど近い椅子を引いて座った。きりのいいところまで進めないと混乱するため、莉歩はそのまま手を動かす。

「ええっと、元気か？」

「なんですか、それ」

「あれから、ろくすっぽ話してなかったからよ」

曽根原先生の部屋を後にして、翌朝には『大丈夫か？』とひと言だけＬＩＮＥが入っていた。博之のことで頭がいっぱいで、返事をするのすら忘れていた。

「彼氏とは、けっきょくどうなったわけ？」

テーブルの上に置いてあった図書館だより七月号を手に取り、ついでのように聞いてくる。その目はおそらく、文字を追ってはいないはずだ。

「どうって――」

なんとか堪えようとしたものの、声が涙に溶かされる。手をつけていた書架の三段目を終えてから、莉歩は熱い目頭を押さえた。

「ああ、悪い。分かった、悪かった」

先生はとっさにズボンのポケットをまさぐる。握った手を開くと、ガムの包み紙が載っていた。ハンカチなんて、この人が持っているはずがない。

「すみません、平気です」

貸出カウンターの下に置いた通勤バッグに、タオルハンカチが入っている。莉歩はそこまで行ってバーコードリーダーを置き、レースのついたハンカチを顔に押し当てた。

顔を隠したとたんに気が緩み、次から次へと涙がパイル地に吸い込まれてゆく。

「でもまぁ、こう言っちゃなんだが、よかったんじゃねぇか？　浮気男なんかとは、さっさと縁が切れちまったほうが」

先生もまた立ち上がり、距離を測るように近づいてくる。

浮気？　博之と香澄さんのあれは、広義では浮気になるのだろうか。いや、もっとひどい。香澄さんのほうが、莉歩よりも彼の本質に近いところにいたのだから。

そもそも「俺が全面的に悪い」と言っておきながら、どうして莉歩がふられるのか。別れるかどうか決めていいのはこっちじゃないの？　博之は、莉歩に裁かれる前に逃げたのだ。

「泣くなって、な？　あんたなんてまだ若いんだしさ。四十手前で嫁と子供に逃げられてみろよ、最低だぞ」

自虐ネタで慰められても、ちっとも笑えなかった。洟を啜りながら、聞いてみる。

「先生も、浮気ですか？」

「違《ちげ》ぇよ、馬鹿。俺は案外一途なんだよ」

「じゃあ、どうして？」

男と女の終わりのパターンが知りたくて、踏み込んだことを聞いてみる。

曽根原先生は、意外に気遣いが細やかだった。ベッドの上では莉歩の反応を窺い、決して身勝手には動かなかった。この人は、自分の腕の中にいる女を邪険にするタイプではないと思う。

「ぐいぐいくるねぇ」

先生はYシャツの胸ポケットを叩き、煙草を探す。休みとはいえ校内は全面禁煙だから、職員室にでも置いてきたのだろう。空振りをして、苦笑いを浮かべた。

「よくある話だ。仕事が忙しくて家庭を顧みなかった」

「忙しいって、先生が？」

「それなりに頑張ってたころもあるんだよ」

前の赴任校でのことだけど、とつけ加える。

「俺の担当クラスで、いじめがあってさ」

標的にされたのは、クラスでも中心的なグループにいた女子生徒だった。ある日を境にその子の机と椅子がごっそりなくなっていたり、一日中ジャージでいたり、裸足だったり。決して見過ごすことはできず、対応に追われまくっていた時期があったそうだ。

「間の悪いことに、娘が生まれたばっかでさ。こっちは遅くまで残業、残業で育児なんか手伝えねぇし、夜は三時間ごとに泣いて起こされるとかホント勘弁だった。心身共にもう無理ってなったころに、嫁が『あなたはよその子のことばっかりね』って捨て台詞残して、娘連れて実家に帰っちゃったわけ。な、つまんねぇだろ」

話を聞いているうちに、しだいに涙が引っ込んできた。本当に、つまらない話だと思った。

「よくある話」と割りきれるほど、莉歩のケースはありふれていない。

「それで、いじめのほうは解決したんですか」

「しねぇよ。本来なら対策チームを立ち上げなきゃなんねぇ案件だぞ。だが管理職のオッサンらは内々で収めてくださいって、不干渉を決め込みやがった。俺一人で充分にケアできるわけねぇもん。むしろ無駄に突っついたせいでガキどもが利口になりやがって、いじめが水面下に移行しただけ。いじめられてた奴は、けっきょく転校しちまったよ」

「その子は、今どうしてるんですか」

「さぁな。進学してれば大学生かな」

ちょうど博之が過去に追いつかれてしまった年頃だ。彼も、教師はなにもしてくれなかったと言っていた。対策チームとやらを組んできちんと落とし所を見つけていれば、彼は歪みを抱えずに済んだのだろうか。大人たちは、誰も手を差し伸べてやらなかった。

「よく、いじめに気づかなかったって言いますけど」

「いいや、それはない。自分のクラスでいじめがあれば、絶対気づく。だから必死に目を逸らして、気づかなかったことにするんだ」

可哀想な博之。そのころに戻れるなら、この腕で抱きしめてあげるのに。彼の苦しみを思うと、やっぱり憎む気にはなれなかった。

「質問ばっかだな。少し落ち着いたか？」

莉歩は無言で頷き返す。

決めた。博之のことは許そうと。きっと彼にも、どうしようもないことだったのだ。莉歩にだって、決して後ろめたいことがないわけじゃない。曽根原先生に抱かれたからこそ、どうにか自分を保っていられる。あれだって、どうしようもないことだった。

「ちょっと早いけど、昼飯でも行くか。近くに旨いラーメン屋があるんだ」

時計の針は、十一時半を指している。莉歩はマスカラの滲みを拭い、顔を上げた。

「曽根原先生って、なにかというとご飯の心配してません?」

「あたりまえだろ。人間、食えて眠れりゃどうにかなるんだ」

今日は弁当を持ってきていない。旨いラーメン屋と聞いて、急にお腹が空いてきた。考えてみればこの七日間、なにを食べてきたんだっけ。久しぶりに覚えた空腹感だった。

「ちょっと待ってください。データを移しちゃうので」

無線対応ではないため、バーコードリーダーで読み取ったデータは手動で移さねばならない。USBケーブルでパソコンに繋ぎ、内蔵メモリのデータを移行しようとする。だがデータは少しも読み込まれず、莉歩は「あれ?」と首を傾げた。

「ケーブルの接触不良じゃね?　貸してみ」

曽根原先生がカウンターに身を乗り出し、ケーブルを引き抜いた。なにをするかと思えば、

ＵＳＢ端子にふうっと息を吹きかけている。それから元通りに差し直すと、眠りから覚めたようにデータが読み込まれていった。

「ほらな。ファミコン世代ナメんなよ」

得意げな先生をよそに、莉歩は「接触不良」と口の中で呟く。きっと塵や埃が溜まっていて、上手く繋がらなかったのだろう。

博之の状態も、これと同じじゃないかと思った。過去のトラウマが障害となって、セックスのスイッチが接触不良を起こしているのだ。

だったらトラウマを取り除いてしまえば、正常な回路が働き出すんじゃないだろうか。

そうだ、私の役割はそれだ。

天啓のような閃きが降りてきた。私が、博之の頭に詰まった埃を吹き飛ばすのだ！

香澄さんのように、何度もトラウマを植えつけ直すことが博之のためになるとは思えない。だってあんな関係は異常で、歪《いびつ》で、気持ちが悪い。博之だってその自覚があるから、莉歩には秘密にしていたのだろう。

私がきっと、彼を真人間にしてみせる。

そして誰もが羨むような、幸せな家庭を二人で築こう。

「ありがとうございます」

迷いはすっかり吹き飛んだ。吹っきれたような莉歩の笑顔を、曽根原先生は満足げに眺めていた。

二

口を閉ざすと空調の音が、やけに大きく耳につく。緊張のあまり呼吸が乱れており、莉歩は持参したマグボトルの麦茶を喉に流し込んだ。

八月に入ってから、三十五度を超える猛暑日が続いている。外を歩けば体が溶けているのではと疑うほどの汗をかき、その汗も乾ききらぬ間に、一方的に喋り続けて十数分。向かいに座る女性は上瞼の厚い眠たげな顔で、相槌を打つばかりだった。

先週の、テレビのワイドショーで見た顔だ。肩書きは臨床心理士である。いじめ問題のコメンテーターとして出演していたときの物静かな印象のまま、莉歩と向き合っている。

「いじめというのは、やられた側は決して忘れることはないんです。長年の体の痛みやうつ症状が、遡ってみればいじめや虐待のトラウマからきていたという事例は珍しくありません」

テレビから聞こえてくる抑揚に欠けた口調に惹かれ、莉歩はネームプレートに書かれた彼女の名前を検索していた。櫻井宏子。表参道駅から徒歩五分の立地にある、カウンセリングセンターの所長だった。

専門は虐待やいじめ、性的暴行。莉歩は丸一日かけて悩んだのち、ホームページにあった予約フォームから申し込みをした。カウンセリングなどはじめてで少し怖い気はしたが、博之のためだ、思いきってエンターキーを押した。

彼を真人間にしてみせると心に誓ったものの、莉歩にはまだ自信がなかった。だってはっきり「別れよう」と、拒絶の意思を示されたのだ。その後も送り続けているＬＩＮＥは、既読がつくばかりで返事がない。なにか打開策でもなければ、今一歩を踏み出す勇気が持てなかった。

きっといじめ問題のプロなら、莉歩が考えもつかないような策を授けてくれるだろう。そう期待したからこそ、一週間待ちでも所長の櫻井先生を指名した。でも肝心の櫻井先生は、さっきから莉歩に喋らせるばかりでメモすら取らない。無垢材のテーブルの上で手を組み合わせ「そう」「それで？」と時折相槌を打つ。あまりの手応えのなさに、博之の秘密を勝手に喋っていることについての罪悪感も薄れてきた。

申し訳程度に観葉植物が置かれただけの部屋は小会議室のようで、緊張は少しもほぐれない。六十分のカウンセリングでお茶すら出てこないのは、こういうところではあたりまえの対応なのだろうか。喉の渇きが癒えなくて、麦茶をさらにひと口含む。

莉歩がマグボトルの蓋を閉めるのを待ってから、櫻井先生はようやく自ら言葉を発した。

「つまりあなたの恋人は、過去のいじめの影響が性嗜好に強く表れているのですね。そう聞かされて、どう思いましたか？」

やっと会話のキャッチボールができそうだ。膝に置いたマグボトルを両手で握り、莉歩は前のめりになった。

「本当にびっくりして、辛くて。どうしてこんなことになっちゃったのか、分からないんです」

「結論から言うと、性被害者が被害状況の再現――リエナクトメントというんですけど、そういうことをしてしまう可能性はあります」

「そうなんですか！」

他に事例があるのなら、対処法もあるはずだ。驚きと共に弾む声が抑えられない。

「特に被害者の年齢が低いほど再現されがちです。たとえば家でお父さんから『可愛いね』と性器を触られていたとすると、それを保育園や幼稚園で遊びとしてやってしまう。性虐待の有無が、それで発覚するケースも珍しくはありません」

そうは言っても博之は、小さな子供などではない。せっかくの期待が萎《しぼ》みかけ、莉歩は「はぁ」と気の抜けた相槌を打つ。

「再現がなぜ起こるかというと、解釈はいくつかあって、一つはその状況を自分で作り出し、コントロールすることによって圧倒的な無力感から解放されるということ。もう一つは成功体験。プレイや遊びって必ず終わりますからね。終わって元の世界に戻れる。こういうことをされても自分は無事に乗り越えられるんだという、体験を積み重ねるんですね」

頭の中で先生の話を整理する。ならあの行為は、ただの性癖ではなかったのか。

「じゃあ彼がそういったその、プレイを繰り返すのは、まっとうな自分を取り戻すためなんですか」

「まっとうとは？」

まさか「まっとう」の定義を問い返されるとは思わなかった。

少し考えてから、答える。

「異性と、性的な関係を持てるかどうかです」

「それを言うと、ＬＧＢＴの方も『まっとう』からは外れてしまいますが」

「そんな話はしていません」

「どう違うの？」

「だってＬＧＢＴは、先天的なものじゃないですか。彼の場合は後天的なトラウマが原因なんですから、治るでしょう」

「そう思います？　ＬＧＢＴはたしかに先天的な部分もあるでしょう。だけど過去に性被害を受けていたというケースも、実はとても多いんですよ」

櫻井先生の声は相変わらずとても落ち着いていて、なにかの呪文のように頭の中を流れてゆく。そんな話が聞きたいんじゃないのに。ただ手っ取り早く、博之の治しかたを知りたいだけだ。

「治ると思います？」

莉歩の胸の内を見透かしたように、櫻井先生が切り込んでくる。あっちへこっちへ揺さぶられ、考えがまとまらない。喉の奥から、偽りのない要求だけを絞り出す。

「治してください」

システムが古いのか、空調が咳払いのような音を立てる。先生は口をつぐみ、淡々とした目でこちらを見ていた。やがてゆっくりと、瞬きをする。

「質問を変えましょう。彼自身は、治したいと思っているんですか」

「もちろんです」

莉歩は即答した。だってそうに決まっている。「まっとうな」人間のほうが生きやすいように、この社会はできている。

「そもそも治るとは？」

会話がループする。空調がうるさい。ああ違うこれは、自分の呼吸の音だ。

櫻井先生がコツコツと、テーブルの木目を爪で叩いた。

「ご存じですか。年輪というのはその木が受けたストレスによって、成長度合いが違ってくるんですって。年輪が乱れている年を調べれば、その土地で起こった気候変動や災害といったものが分かるそうですよ」

促されるままに、指先で示された木目に視線を落とす。間隔が極端に狭まっているところでは、冷害があったのかもしれないと先生は言う。

「それではあなたは、この木目の歪みを今から治せると思いますか?」

莉歩はもう、そこに座っているだけで精一杯だった。「俺は、こんなにも醜い」と言った、博之の絶望的な目がこちらを見ている。思考はすでに停止しており、受け答えや相槌はただの反射だ。

相手が求める答えは分かっている。唇が勝手に開き、「いいえ」と囁くような声が耳に届いた。

三

ザクッ、ザクッ、ザクッ。

白い俎板《まないた》に載ったほうれん草を、万能包丁で切り分ける。根元は落とさず丁寧に洗い、十字に切れ目を入れておく。そうしてほしいと、博之が言っていた。

——彼があなたにトラウマを打ち明けたというだけでも、本当はすごいことです。男性の性被害というのは、女性に比べてとても少ない。強制わいせつ罪の割合でいえば、女性被害者の四十分の一というデータもあります。

つけっぱなしのラジオみたいに、さっきから耳元で女の声が流れ続けている。莉歩はでたらめな鼻歌を口ずさみながら、煮立った鍋にほうれん草を茎から先に投入する。

——二〇一七年の刑法改正で男性も「強制性交等罪」の被害者に加えられましたが、依然男は性において能動的であるという認識が根強い。ですから男性が被害に遭うということは、行為から受ける傷もさることながら、そういったジェンダーの規範からも外れてしまう。二重の傷になるんです。分かりますか？

ほうれん草の葉も入れて、サッと茹でたら水に取り、搾っておく。これを塩昆布と胡麻油で和えて、食べる直前に韓国海苔を散らせば出来上がりだ。

——性被害に遭った女性がそれを人に打ち明けるのは、とても難しいと理解できますよね。男性は、二重の枷《かせ》があるのでさらに言いづらい。言えたとしても理解されることは稀《まれ》で、男なんだからべつに気にするなよと、軽く捉えられがちです。だから言わない。被害に遭ったと認めるのさえ難しい。でも彼はあなたに、ごまかすことなく辛い経験を話してくれたわけです。それについて、どう思いますか。

電子音の「アマリリス」が聞こえてくる。炊飯器の炊き上がりのサインだ。

ラ、リ、ラ、リ、ラ、リ、ラ〜。懐かしい。小学校の音楽の教科書に載っていて、スタッカート記号というものをはじめて覚えた曲だ。でたらめだった鼻歌が、「アマリリス」に取って代わる。

――助けてほしい？　さぁ、どうでしょう。本当のところは分かりません。だってあなたは彼がどうしたいのか、どうしてほしいのか、なにも聞いていないんでしょう。

立ち昇る湯気が汗になって頬を伝う。もう一つの鍋もほどよく煮えている。味噌を溶き入れ、味見をした。うん、美味しい。野菜たっぷりで健康的だ。

――もう一度、彼とじっくり話してみませんか。その上で彼が専門家の手を借りたいのであれば、カウンセリングを勧めてみてください。ええ、時間はかかりますよ。薬で治るといった種類のものではありません。ですが必要とあらば、自助グループをご紹介することもできます。

玄関の、鍵が回る音がする。靴を脱いで、珍しく揃えなかったようだ。急かされるような足音が廊下に響く。換気扇から洩れる料理のにおいで、中に人がいるのは分かったのだろう。

リビングのドアを開け、数歩で立ち止まってしまった相手を莉歩は振り返る。

「お帰り、博之。今日は早かったんだね」

泊まりがけの出張でなくてよかった。博之の予定が分からなかったから、少し心配していたところだ。

「なにを、してるの？」

博之は通勤鞄を置きもせず、立ちつくしたまま動かない。声が届きづらく、莉歩はコンロの火を止めてこちらから歩み寄った。

「晩ご飯作ってた。ほうとう風味噌煮込みうどん」

「この暑いのに？」

日が暮れても気温はろくに下がらず、公園では蟬が鳴いている。保土ケ谷駅からこのマンションまでは上り坂続きで、博之はシャツが透けるほど汗をかいていた。近づくとほんのり脂っぽいにおいがして、気づかれない程度に息を詰める。

「残ったお出汁《だし》にご飯とチーズを入れて、リゾット風にしようと思って」

「ありがとう。でもそういうことじゃなくてさ」

どうにか笑顔を作ろうとして、博之は頰を引きつらせた。約半月ぶりの再会だ。どこが変わったというわけではないが、表情に張りがない。これも営業の仕事のうちと言って爪の先までピシリと整えていたのに、一度揉んでから伸ばした紙のように、くたびれた印象がつきまとう。美容院通いもサボっているのか、髪にボリュームが出すぎていた。

——可哀想に。

と、莉歩は思った。顔を見るたびときめいていた胸が、別の切なさでキュッと窄《すぼ》まる。その感覚は、やけに心地よいものだった。

「だって、あのままさよならってわけにはいかないよ。合鍵もあるし」

厚かましくならないようにと、ろくに使わなかった鍵は、まだ莉歩のバッグの中だ。このまま逃げ続けていられないことは、博之にだって分かっていたはずだった。

「ひとまず、着替えてきなよ」

顔を合わせたら、泣き出してしまうかもしれないと思っていた。でも意外に冷静で、相手を観察する余裕すらある。

博之は肩をこわばらせながらもやけに素直に、「うん」と頷いた。

箸も茶碗もファイヤーキングのマグもイッタラのグラスも、すべてがペアのまま戸棚に収まっていた。それを見て莉歩は、自分たちはまだ終わっていないと確信した。

博之のことだから、本当に終わらせる気なら、いらない食器は処分する。なのに食器だけではなく洗面所に置いてあった化粧水と乳液も、手つかずのまま残されていた。

エアコンの設定温度を下げても、熱々の煮込みうどんのせいで汗が止まらない。莉歩は食事の間中、核心に触れない緩いお喋りをし続けた。

「ねぇ、今って夏休みで司書の仕事も休みじゃない。だからほら、手荒れが治ってきたんだよ。いつもはハンドクリーム塗り込んでもかさついてるのに。やっぱり本って吸うよね、手の脂を」

煮えたカボチャが溶け込んだ出汁はとろみがあり、いっこうに冷めない。博之の動作は鈍く、箸を操るのさえ億劫そうだ。気まずさを、全身で表現している。莉歩が部屋に上がり込み、ましてや料理を作っているという事態は、完全に想定外だったのだろう。

だけどもう、顔色を気にするのはやめだ。

「食べないの？」

うどんを半分ほど残し箸を置いた博之に向かって、無邪気を装い尋ねる。

「ん、あんまり食欲ない」

「そう、毎日暑いもんね。ご飯炊いちゃったけど、小分けにして冷凍しとこうか」

「――うん」

「考えてみれば炭水化物過多だったね。ごめん、ごめん」

手で顔を扇ぎながら詫びる。脇腹を汗の玉が滑ってゆくのを感じ、莉歩は半袖のブラウスを脱いだ。その下はキャミソール。堂々とした胸のボリュームに押し上げられて、ブラジャーの繊細なレースが覗いている。

「うわぁ、びしゃびしゃ。ご飯食べたらすぐシャワーだね」

博之は、ちらりと莉歩の谷間に目を遣った。だがそれだけだ。供え物の餅でも見たかのように、関心なげに視線を落とした。

「なにしに来たの」

尋ねる声に、苛立ちが混じっている。でも怒っているわけじゃない。緊張しているのだ。莉歩の出かたが摑めなくて、怖がっている。

今この場のイニシアチブを握っているのは、私だ。そう思うと勝手に口角が持ち上がった。誰に対しても受け身できた莉歩には、はじめて感じる優越だった。

もったいぶって、居住まいを正す。顔を伏せたままでいるが、博之は莉歩の挙動に全神経を向けている。

「あのね、思ったの。私たちお互いに、遠慮しすぎだったんじゃないかって」

怯えなくても大丈夫。博之は傷ついた子供のままなのだ。こんな人を見捨てられるわけがない。

「私は博之に嫌われたくなくて、博之は私に秘密があって、表面を撫で合うようなつき合いしかしてこなかったよね。でも秘密はもうなくなったし、私も覚悟を決めた。これで終わりじゃなくて、これからやっと始まるんだよ」

淀みなく出てくる言葉に、莉歩は自分でも驚いた。立ち位置が変わるだけでこんなにも、舌は滑らかに動くのだ。

「覚悟って？」

博之が怪訝そうに問い返す。

「うん、その前に一つ聞いてもいい？」

真っ白などんぶり鉢の中で、うどんがだらしなく伸びている。それを脇に除《の》け、莉歩はローテーブルの上で手を組み合わせた。

「あのね、博之はその道の専門家に、話を聞いてもらうつもりはある？」

「ない。絶対嫌だ」

即答だった。語気が荒い。

「他人に話すなんて考えられない」

「でもカウンセリングにかかれば、楽になるかもしれないよ」

「やめてくれ。俺は病気じゃない！」

博之が叫び、箸を摑んで床に投げた。箸先の汚れが白いラグに飛び散る。癇癪《かんしゃく》を起こしても、中身の残ったどんぶりをひっくり返さないあたりが彼の理性だ。小さい。この手の中に博之が収まってしまいそうな気がする。

「うん、分かってるよ。大丈夫」

ゆったりとした動作で立ち上がり、箸を拾う。そのまま元の位置には戻らず、莉歩は博之の右隣に座った。

博之はまだうつむいたまま。肩周りに警戒の色が見える。

こんなに身をこわばらせて、可哀想に。やっぱり頼るべきじゃない。誘導尋問みたいに博之のことを「治らない」と言わせた、あの女のことなんて。彼女にとって博之は、その他大勢の中の一人だ。ただの「症例」だ。でも私は違う。

「私は博之がなにをしても嫌いにならないよ。全部受け入れるって、決めたの」

箸を揃えて卓上に置く。甘い言葉は、口ずさむ者をも気持ちよく酔わせてしまう。

「指一本触れられなくても構わない。それでも私は博之の望みを叶えてあげる」

「望み？」

「人並みの家庭を持ちたいんでしょう」

博之はようやく、首をひねるようにして莉歩を見た。目の下の隈は濃く、髪は乱れ、口元には自嘲が刻まれている。それでも彼には、退廃的な美があった。

「もうそれ、人並みじゃないだろ」

「家庭なんてそういうものだよ。外から見ればたいてい人並み。内側の事情なんて誰も知らない。人に言えないことなんていっぱいあるよ」

莉歩の両親だって表向き仲はいいが、母親はもうずっと、父親の洗濯物だけを別に洗っている。家の中を裸足で歩かれるのも嫌なようで、真夏でもエアコンで冷えるからと、靴下を履くことを勧めていた。

平和に見えても火種はどこかにくすぶっている。それでも外側だけを綺麗に磨いて、にこにこと笑っていればいいのだ。

「子供も作ろう、セルフシリンジ法でいいよ。二人か、三人くらいは欲しいな」

「いいね、子供は」

博之は今日はじめて微笑みのようなものを見せた。諦念にも見える笑みだ。なにを想像しているのか遠い目をして、だが思いきるように首を振った。

「でもダメだろう。莉歩にばかり我慢を強いるそんな生活、続かないよ」

「香澄さんとのことがバレなければ、私を騙したまま結婚するつもりだったくせに」

いけない、これは恨み言だ。つい声が大きくなってしまった。

肩を縮めてしょんぼりする博之を見て、気を取り直す。責めちゃダメだ、許さなきゃ。許す側に立って、圧倒的優位に話を進めるのだ。

「だったら博之も、一つだけ我慢して。もう、香澄さんには会わないで」

自分のほうが博之を深く知っていると言わんばかりの、したり顔を思い出す。香澄さんからはあれから一度、メールが届いた。『なんかモメちゃったみたいでごめんねぇ』という、当事者意識のない軽い文面。『でも結婚する前に分かってよかったと思いますよ、あなたのためにも』

世間に溢れる「あなたのため」という言葉が、自己満足でしかないことがよく分かった。香澄さんは自分だけが博之の、よき理解者でありたいのだ。夫も二人の子供も風俗ライターという仕事もあるくせに、傲慢すぎる。あの女は、博之から引き離しておかないと。

「会ってないよ、もうずっと」

「これからもずっとよ」

「会わない」

それでいい。博之の一番の理解者は、自分でなければいけない。家庭という幸せな檻の中で、私だけは味方だと囁き続ける。その言葉が博之の脳髄に満ちるまで、何度も何度でも。そして導くのだ、正しいほうへ。まっとうな人間のあるべき姿へ。

セルフシリンジ法をするつもりなんて、さらさらない。でもそう言っておかないと、復縁すらままならなくなってしまう。良心が咎めないわけではないが、博之の嘘に比べたら可愛いものだ。

「ね、幸せになろうよ、私たち」

注意深く、この機を逃してはいけないと匂わせる。博之はチャンスを逃さない営業マンだ。多少の打算くらいは、自分に許す。

「いいのかな」

「いいんだよ。私、博之とつき合うことになったとき誓ったの。全身全霊であなたを愛するって」

もう触れても大丈夫だろうか。博之が膝の上で握っている右手に、そっと手を重ねる。下から顔を覗き込んでみると、博之は体のこわばりを吐く息に乗せて解いた。それは彼が自分自身の人生の舵《かじ》を、手放した瞬間だった。

「莉歩、ありがとう」

空いていた左手を、さらに重ねてくる。

こんなにも思惑通りに事が進んだのは、はじめてだった。きっと、博之が弱っているからだ。弱みのある相手には、つけ込める。

だったら博之には、弱ったままでいてもらわないと。この緩い支配のバランスが崩れたら、彼は莉歩の言葉に耳を貸さなくなってしまう。

たとえば従兄《いとこ》のリョウくんは、三十五にもなって母親の言いなりだ。着ているものは下着に至るまでママプロデュース。座ってゲームをしているだけで快適に暮らせる実家から出る気はなさそうだけど、ママの勧めに従って近ごろ婚活を始めた。

今のところ連戦連敗。それでも伯母さんは言う。

「リョウくんは悪くないのよ。相手のお嬢さんたちがねぇ、ちょっと理想が高すぎるんだわ。相手のいいところを見ようともせず、年収だの身長だの。厚かましいったらないわ」

リョウくんが中学時代に万引きで捕まったときも、高校受験の面接でなにも答えられなかったときも、苦労して就職した会社を二ヵ月で辞めてきたときだって、伯母さんは同じことを言っていた。「リョウくんは悪くない」

おかげでリョウくんは今も自分以外の誰かのせいで、パチンコ屋の店員をしていると思っている。その認識を肯定してくれるのはママだけだから、庇護の傘の下から抜け出せない。

それは暴力も暴言もない、濃厚な支配だ。莉歩は伯母を見習うことにした。

「悪くない。博之はなんにも悪くないよ」

だらりと垂れたその肩に、頬を寄せる。頭の重みに耐えかねたように、博之が頷く気配があった。

莉歩はやっと彼を、手に入れた。

四

ゴム手袋を買ってこなきゃ。

クレンザーでシンクの内側を磨きながら、そう思う。

博之はあまり気にせず洗い物などは素手でやってしまうが、莉歩はなるたけ手指の保湿を守りたい。無駄を省いたこの部屋に私物を増やすのはためらわれ、多少のことは我慢してきたが、そういった遠慮ももうやめだ。

そうだ、今度エプロンを持ってこよう。フリルのついた、可愛いやつ。それから部屋着。ジェラートピケのルームウェアって、きっとこういうときのためにあるんだ。

あのシャーベットみたいな優しい色合いのルームウェアは、恋人とまったり過ごすのに最適だろう。モコモコとした素材が女性の柔らかさを引き立てて、小型犬のような愛でるべきものにしてくれる。泊まりのときはいつも博之のTシャツを借りていたが、どうせならもっと愛らしくしていたい。

シンクの泡を流し、濡れた手を拭く。顔が映るほどピカピカだ。満足して「よし」と呟く。

清々《すがすが》しいまでの達成感があった。

　博之はシャワーを使っている。出てきたらガス入りの水を飲むだろうから、レモンを薄く切ってラップする。博之が気に入っている飲みかただ。レモンは夏の疲れを癒してくれる。

　小分けにしたご飯は、粗熱が取れるまでしばらく放置。やるべきことを終えて、莉歩はリビングのソファに座る。テレビをつける気にはなれず、テーブルの上のスマホを取った。

　母親からメールがきている。

『仲直り、したのね、よかった。もう、喧嘩しちゃ、ダメよ。お父さんには、上手く、言っておきます。博之さんに、よろしくね』

　いつものことだが、読点が妙に多い。母親はＬＩＮＥを使いこなせないから、やり取りはもっぱらメールだ。『今日は博之の部屋に泊まる』と連絡しておいた、その返事である。

　夏休みに入ってからなにも予定がないのをごまかそうと、一日中市立図書館で過ごしたり、美術館巡りをしたり映画を観たりしていたが、けっきょく夜早めの時間に帰ることになり、母親にはずいぶん心配をかけた。

「お母さんが電話してあげようか？」と眉根を寄せて、仲を取り持とうとしてきたくらいだ。

　おそらく母は知っている。娘の結婚相手として、博之ほど申し分のない人はこの先現れないであろうことを。実家から一度も出たことがなく、収入面でも心許ない娘を託せる、貴重な相手だ。逃すわけにはいかないとばかりに、「なにがあったか知らないけど、早く謝っちゃいなさい」と囁いてきた。

なんて卑屈なアドバイス。でもこれこそ彼女が莉歩に下した評価だ。たとえ博之が悪かったとしても、多少の齟齬《そご》には目をつむれということだ。

実の母に、安く見られている。分かっていても、言語化するのは避けたかった。だから莉歩は『心配かけてごめんね』と、含みを持たせることなく返事を打ち込み、送信した。

これでようやく、お母さんに安心してもらえる《うるさく言われなくて済む》。大量に取り寄せていた結婚式場のパンフレットも、無駄にならなくてよかった。

なんだか疲れた。長い一日だった。昼前には表参道にいたなんて、嘘みたいだ。

――あなたの彼の場合はリエナクトメント、つまりそのプレイで心のバランスを取っているのかもしれません。性被害者の精神は自分を責める気持ちと、理不尽に対する怒りの間で揺れ動きやすく、そのストレスが男性なら暴力、そして薬物やお酒といった依存症という形で表れやすく……。

頭の中がうるさくて、莉歩はこめかみを揉んだ。誰かの声で響き続ける警鐘は、雑音として聞き流す。どうせ寝て起きたら忘れている。忘れてみせる。

ソファの背に、沈み込むように身を預けた。博之はまだ風呂場から出てこない。ＬＩＮＥ

を開くとこちらには、曽根原先生からのメッセージが入っている。

『毎日暑いねぇ。暇なら暑気払いってことで飲みに行かない？　ほれボーナス出たし、ちょっといい肉食わしてやるよ』

届いた時刻は十六時二十三分。通知がきたのには気づいていたが、既読をつけるのが嫌で今まで開いていなかった。

ただ今の時刻、二十時三十六分。これだけのタイムラグがあれば、「気づかずにご飯食べちゃいました、すみません」と無難にかわせる。

曽根原先生とは、蔵書点検の日から会っていない。一日目の七月二十一日はお昼にラーメンを奢ってもらい、二日目の二十二日は車で来ていた先生に乗せてもらって、そのままラブホテルに入った。

それから二度今日のようなお誘いがあったが、莉歩はすでに表参道のクリニックを予約しており、そちらで頭がいっぱいで、都合がつかないと断っている。三度目となると断るネタが思いつかず、しばらく放置しておくことにしたのだった。

ちょっといい肉、ね。

無感動にスマホの画面を眺めながら、「意外だったなぁ」と呟く。

曽根原先生は本当に、意外なほど誠実だった。男の人は普通、女と寝るために金を使う。

「ちょっといい肉」とは、肉体関係が成立する前にご馳走されるべきものだ。なのに曽根原
先生は、今さら「いい肉」を振る舞おうとする。
　きっと前任校でのゴタゴタがなければ、奥さんを大事にして幸せに暮らしていたんだろう
な。
　そういう男性は好もしい。でも今の莉歩には煩わしい。
　だって、博之とよりを戻せたわけだし。
　むくり、むくり。博之に対する罪悪感が、積乱雲のように湧き上がる。恋人がいながら他
の男に抱かれてしまったという実感が、ようやく棘《とげ》となって胸に刺さった。
　でも、浮気じゃない。博之とは、さっきまで別れていたのだから。
　曽根原先生に縋りついたのは、厳密にいえば博之と別れる前のことだが、莉歩は難なく認
識を歪めてしまう。もし誰かに指摘されたとしても、焦らなくて済むように。
　心の棘が、するりと抜けた。罪悪感はよろしくない。なぜなら莉歩は博之を、縛っておか
ねばならないのだから。負い目はパワーバランスを崩す。手綱を引き締める手の力が緩んで
しまう。
　博之の秘密を知ったあの夜は、曽根原先生が必要だった。体だけでいいから、莉歩を欲し
がってくれる「男」が。

でも、その役割はもう終わったのだ。

プライベートでは、二度と二人きりで会わない。博之も、莉歩だけと誓ってくれたのだから。

キッチンの蓋つきゴミ箱には、ナース服の前をはだけた「桃川はるな」のＤＶＤが入っている。さっき莉歩の目の前で、博之がディスクを割って捨てたのだ。

強要したわけじゃない。「そういえばＤＶＤは？」と尋ねてみると、博之自ら「捨てる」と言って寝室から持ってきた。彼の意思だ。

風呂場のドアの、開く音がする。ガス入りの水を、グラスに注いで渡してあげよう。

曽根原先生のＬＩＮＥには、まだ返事をしていない。でもま、いっか。と莉歩は思い、スマホを置いた。

第七章　記憶

一

ダイヤモンドの石言葉は、純潔、清純無垢、永遠の絆。語源のギリシャ語に「征服しがたい」という意味があるのは、きっと地球上で最も硬い物質だからなのだろう。

化学式はC、すなわち炭素。石炭や備長炭《びんちょうたん》の仲間と言うと味気ないが、薬指の上に躍る〇・二キャラットの輝きは、目に入るたびほろ酔いのような恍惚をもたらす。

電車のブレーキで体が沈み、莉歩にもたれて微睡《まどろ》んでいた博之が「ふぁ」と顔を上げた。寝ぼけているのか目を瞬かせ、周りを見回す。文庫本を読むふりをして、窓から差す光でダイヤを煌《きら》めかせていた莉歩は、くすりと笑ってその耳元に囁いてやる。

「大丈夫、まだ平塚だよ」

「ああ、そう」

「寝てていいよ。着いたら起こす」

「ん」

よっぽど眠いのだろう。顔をしかめて頷く博之の目はすでに閉じている。腕を前に組んで、早くも船を漕ぎはじめる。

肩にかかる重みが心地よい。博之の寝顔に慈愛の眼差しを注ぎ、莉歩は薬指の指輪をそっと撫でた。

東海道線快速アクティーで、博之の地元真鶴へと向かっているところだった。真鶴の次の駅が湯河原で、その次が熱海。お盆休みの真っ只中とあって、家族連れが多く乗り込んでいた。

左隣に座る女児が、食い入るようにこちらを見ている。まだ三歳くらいだろうか。ぽかんと開けた口が可愛らしく、莉歩は目だけで微笑みかける。

家族――。私たちも、もうすぐそうなる。

先日十日は莉歩の誕生日だった。イタリアンのディナーを予約してくれていた博之は、その前に莉歩をデパートに連れて行き、ジュエリーコーナーで「好きなの選んで」と言った。ディナーが進み、あとはデザートだけというタイミングで立方体の箱が出てくるものと予想していた莉歩は、少しばかり失望した。

指輪が受け取られたのを確認して、事前に打ち合わせてあったスタッフが、「ハッピーバースデー」を歌いながらケーキを運んでくる。感無量の莉歩は涙が邪魔をしてなかなか蠟燭を吹き消せず、人生最高の瞬間を縁もゆかりもない他の客までが微笑ましく見守っている。

そんな幸せのシチュエーションを、博之は用意してくれなかった。だいたい、選べと言われても予算が分からない。かといって「○○万円以内で選んで」と言われたところで興ざめだし、自分から「いくらまで？」と聞くのも厭らしい。

こういうとき値段との折り合いを考えず、「これ！」とねだれる女性もいるのかもしれないが、莉歩は違った。ディナーの時間が迫る中、あまりもたもたしていられず、どこのデパートにも入っている値ごろ感のあるブランドの、婚約指輪としては一番安い○・一五キャラット十八万円の指輪を指差した。

「それ？」

財布を出しかけた博之に、ショーケースを挟んで立つ店員がすかさずセールストークをしかけてくる。

「同じデザインでこちら、○・二キャラットのものもございます。エンゲージリングでしたら皆さまだいたい、○・二キャラット以上のものを選ばれますよ。このくらいの大きさからダイヤモンドらしい輝きを感じられますし、普段使いをしたいという方にも人気のサイズとなっております」

何度も同じ説明を繰り返してきたのだろう。店員は地声より一オクターブは高いであろうトーンで、淀みなく喋った。博之は迷わなかった。

「そう、だったらこれでお願いします」

店員が出してきた指輪には、二十五万円の値札がついていた。自分の見積もりより、莉歩の価値は七万円分も上がった。おかげで莉歩は、博之がサプライズを用意してくれなかった不満を忘れた。

「あーちゃん、そんなに見ないの」

隣の女児の母親らしき女が、我が子の腕を軽く引く。「すみませんねぇ」と子供の無邪気を免罪符に、形だけはすまなそうに微笑みかけてきた。

「いいえ」

莉歩は幸せな女だから、見知らぬ女児に凝視されたところで負の感情は芽生えない。子供は正直だ。七色に煌めく薬指の石に、目を奪われていたのである。どんなに小さくても女の子は、ダイヤモンドという名前を知る以前から、この石の魅力を知っている。

女児の母親は子の注意を逸らすため、鞄からスマホを取り出した。音もなく、『アンパンマン』の動画が流れ出す。女児は息をするのも忘れたように、小さな画面にのめり込んだ。多彩な輝きを見せる石より、彼女にとってはまだ動き回るパンのほうが身近にある。

こうやってすぐスマホを見せるの、どうかと思うな。

他人事だから口出しはしないが、スマホに没頭する子供の表情は異常だと感じる。情緒を育むべきこの時期に、これさえ渡しておけば大人しいからと、頼りすぎるのは安直だ。ファミレスなんかで似た光景を目にするたびに、親の手抜きに見えてしょうがない。きちんと目を見て、言葉をかけて、コミュニケーションを図ってほしい。

博之もきっと、同じように言うだろうな。

幸せな莉歩は、自分たちならもっと上手くやれると思っている。博之は声を荒らげず子供に言い聞かせることができるだろうし、自分は笑顔を絶やさず優しく包み込んであげられる。博之の性癖さえ「治れば」、その先には穏やかで愛に満ちた家庭があるはずだった。

アンパーンチ！

音のない動画を横目に見ながら、莉歩は頭の中でアテレコをする。邪魔をする悪い奴は、そんなふうに追っ払ってしまえばいい。

快速アクティーは順調に真鶴へと近づいてゆく。莉歩は同じ箇所ばかり目で追っていた文庫本を諦めて閉じ、自らもスマホを取り出した。

浅倉さんから、ＬＩＮＥで写真が送られている。行ったことはないが、テレビで見たことがあるこの木組みのモニュメントは、金沢駅だ。その前で浅倉さんが一人、両腕を広げて立っている。

『カナザワー！　もっと涼しいと思ってたのに、あっつい！』

一時期よく送られてきた、寂しいとか死にたいとか眠れないといった内容ではなくてよかった。あれは返事に困るし、なにより面倒臭い。無視したり見当外れなことを返したりしているうちに、ようやくＬＩＮＥも間遠になってきた。

そんな浅倉さんだって、お盆の入りだ。家族旅行で、日々の憂いを忘れたのだろう。

『いいね、楽しんでね』

あっさりとした文言を返し「旅行かぁ」と口の中で呟いた。

新婚旅行はどうしよう。せっかくだから海外かな。ゆっくりできるハワイか、モルディブ。でも博之はヨーロッパがいいと言うかもしれない。美術館巡りも悪くない。

この歳にして、初海外だ。一緒に行く友達はいないし、一人は怖い。学生時代の元カレはお金がなく、外出するより狭いアパートで莉歩の胸に吸いついているほうが好きだった。

楽しみだ。博之と話し合わないと。この先は、決めなきゃいけないことがいっぱいある。

式の日取り、式場、招待客、お料理、ドレス、新居、新婚旅行先――。指折り数えると気が遠くなるが、どれも幸せのプロセスだ。バラ色の未来に思いを馳せるのに忙しく、もはや浅倉さんのことなどすっかり頭から抜けてしまった。

莉歩は二十八歳になったばかり。結婚適齢期の女性がクリスマスケーキに譬えられた時代ならいざ知らず、今なら早すぎもせず、遅くもないちょうどいい年齢だ。それに博之は容姿といい収入といい、残念ながら婚活サイトやパーティーには流れない良物件である。

そんな人の、妻になる。他者から軽んじられることに慣れていた莉歩の内に、にょきにょきと自信が芽生えだす。

そうだ、結婚式には高校、大学時代の友達を呼んであげよう。卒業以来少しも連絡を取っていないけど、莉歩がどんな男を捕まえたのか、気になって見に来るはずだ。大いに見せびらかしてやろう。

込み上げてくる笑いを殺すため、手土産である千疋屋《せんびきや》のフルーツジュレが入った袋を抱きしめる。それでもわずかに肩が震えた。

その振動で博之が目覚めたことに、莉歩は気づかない。腕を組み頭《こうべ》を垂れたまま、博之はじっと目を開けている。

ガタゴト、ガタゴト。真鶴が近づいてくる。

二

保土ケ谷から戸塚で快速アクティーに乗り換えて、トータルで一時間強。真鶴は、思った以上に近かった。

　山と海に囲まれた、すり鉢状の小さな町である。家並みは潮に焼けたように見え、高い建物がないぶん、身を隠す影もない。駅から真鶴港方面に道を下ること十五分、あまりの暑さに頭が朦朧《もうろう》としはじめたころ、港にほど近い博之の実家に到着した。

　昔ながらの酒屋だと聞いていたとおりの、木造の一戸建てである。ガラス戸の塡《は》まった入り口に、茶色く変色した杉玉が吊るされていた。店舗になっている土間が、ひんやりとして涼しい。

「いやぁ、こんな暑い日に遠方からわざわざどうもね。いいからほら、早く上がって。扇風機の前、座って座って」

　博之の母親は、キミコさんという。切りっ放しのショートカットに、化粧をし慣れないのか、ファンデーションと口紅が異様に濃い。品定めをされる間もなく、土間を上がった先の居間へと通された。

　八畳間には長机と正方形のコタツ机が繋げて置かれ、一番奥に皺くちゃの博之の祖母が即身仏のように座っている。「ばあちゃん、ただいま」と博之が声をかけても孫とは分からないようで、「はいはい、いらっしゃいませ」と口を窄めた。

「ヒロくーん！」

気まずさを吹き飛ばすように、足元に子供が突進してくる。もうすぐ五歳になるという、甥っ子のアヤトくんだ。くりくりとした目が愛らしく、体のわりに大きな頭を博之の膝に擦りつける。

「トルネして、トルネ！」

「えぇーっ、トルネード？　ヒロくん今、汗だくなんだけど」

小さな子に合わせて自分を「ヒロくん」と呼ぶ博之が微笑ましい。トルネードというのはアヤトくんの腕を掴んで遠心力でぐるぐる回す、体力のいる大技らしい。

「ダメ、アヤト。埃が飛ぶから後にして」

台所に続くと見られる襖《ふすま》を開けて、大皿を運んできたのは、たぶん博之の弟の妻、ナオさんだ。金髪に近い髪の色に、けだるげな喋りかた。息子の名前を呼ぶと「アート」に聞こえる。中高時代は確実に、派手なグループにいたタイプだ。

苦手意識が先に立ったが、莉歩は落ち着いたばかりの腰を浮かした。

「すみません、手伝います」

「ああ、いいって。今日はお客さん」

大皿を長机に置き、ナオさんが「座ってな」と手で示す。皿に載っていたのは刺身の盛り合わせ。八月一日から真鶴港での漁が解禁になったという、伊勢海老まであった。

その他にも朝から準備をしてくれたのだろう。金目鯛の煮付け、海老の天ぷら、鰺のたたき、酢の物、茶碗蒸しといったご馳走が並んでおり、たしかにこの場で「トルネード」などされたらたまったものじゃない。

「ママ、ママぁ！　エルサ、お姫様がいいの！」

ナオさんが開け放しておいた襖から、女の子が駆け込んでくる。二歳のエルサちゃん。名前の由来はディズニー映画だと思う。

なにか不満があったようだが、見慣れぬ大人が紛れ込んでいるのにぎょっとして、エルサちゃんはナオさんの背後に隠れた。

「エルサ、久しぶり。また大きくなったね」

博之が声をかけると、ますます小さくなってナオさんの脇腹に顔を埋めてしまう。

「ああ、ごめんねぇ。この子、人見知り発動してんの」

歳上の義兄にも、ナオさんの口調はフランクだった。姑のみならず義祖母まで同居という環境に馴染めるのは、この図太さがあるからだろう。生命力の強さに、感心さえする。

台所に戻ろうとするナオさんを盾にしたまま、エルサちゃんも部屋を出てゆく。姿が見えなくなったとたん、「ママ、お姫様！」と叫ぶのが聞こえた。

「しつこいなぁ。お姫様のドレスって長袖じゃん。暑いって、やめとき。ご飯食べたらこぼすしさぁ」

「着るのー！　エルサ着るのよぉ！」

「んもう、お客さん来てんだよ。ギャーギャー騒がない！」

賑やかだ。アヤトくんは博之の膝によじ登り、幼稚園で覚えたという歌を大音量で歌いはじめた。それに合わせておばあちゃんが、テンポのずれた手拍子を打つ。エルサちゃんはまだどこかで泣きわめいているし、大人ばかり三人暮らしの柿谷家では味わえないカオスがそこにある。

表で車のエンジンが止まる音がし、店舗のガラス戸が開いた。

「ああ、あぢぃ～。あぢかったぁ。兄貴たちもう来てんの？」

「コウちゃんお疲れ。うん、いるよ」

応じるキミコさんの声。ドスッと足音を立て、小太りの青年が土間の段差を乗り越えてくる。白いタオルで頭を覆った姿はラーメン屋の店主のようで、陽気そうな目がアヤトくんと似ている。

「はじめまして、弟のコウジですぅ。ちょっと俺ね、パッとシャワー浴びてきちゃいますね。配達帰りで臭くって」

こちらの自己紹介を待たず、部屋を横切り、ナオさんが出て行った襖を開けて退室した。

たしか博之の、三つ下。だけど博之のほうが若く見える。

「ごめん、うるさいだろ」

博之が苦笑を浮かべ、詫びてくる。早くも疲れかけていたが、首を振って取り繕う。暑熱に炙られた体に、子供の甲高い歌声と泣き声のダブルパンチはなかなかのダメージだ。

その一方で、安心してもいる。家族が多いぶん、居間の様子は乱雑だ。床の間には仏壇が押し込まれ、お供えの袋菓子の色が目にうるさい。違い棚の上はこけしに赤べこ、加賀人形と各地お土産のオンパレード。その下には子供の玩具が入ったクリアボックスが重ねられ、テレビボードには趣味の悪いハイビスカス柄の布が敷かれている。

洗練とはほど遠い統一感のなさと、物の多さ。博之に感じていた引け目が霧消する。お互いに、ご大層な家の子じゃない。義実家とは背伸びをせずにつき合えそうで、肩の力がいくぶん抜けた。

「はいはい、お待たせ。もうね、店閉めちゃったから、ゆっくりしましょ」

キミコさんが前掛けで手を拭きながら居間に上がってくる。近くで見ると厚塗りのファンデーションの下に、細かなシミが透けている。

「あの、あらためまして、柿谷莉歩と申します。これ、つまらないものですが」

「まぁまぁ、お気遣いありがとう」

手土産を袋から出し、ようやく渡せた。

バラ模様の包装紙がかかった箱を押し頂くと、キミコさんは膝をよじって仏壇の前に座った。袋菓子を避けてそれを置き、お鈴《りん》を鳴らす。

「お父さん、お兄ちゃんがやっとお嫁さんを連れてきてくれたよ。よかった、よかったねぇ」

博之の父親は、六年前に他界したと聞いている。進行性の胃がんで、あっという間だったと。だからコウジさんが結婚して、酒屋を継いだ。次男の結婚が早かったぶん、家を出た長男は心配されていたのだろう。

「あまりに浮いた話を聞かないから、そっち系なのかしらと思ってたけど。これでもう安心だわぁ」

「ちょっと母さん！」

息子に咎められても、キミコさんはあっけらかんと笑っている。あまりものごとにこだわらないタイプだ。この家で博之が育ったという実感が、まるで湧かない。

「ナオちゃん、ナオちゃーん。ビール持ってきてぇ」

「今は無理。自分でやって！」

台所に向かって呼びかけるキミコさんに、ナオさんも負けじと叫び返してくる。この家の

「お客さん」でなくなったとき、自分は上手く立ち回れるだろうか。新たな不安が胸に兆し、莉歩は笑顔が引きつるのを覚えた。

「んもう、しょうがないなぁ」

嫁のぞんざいな返答を、気にしてはいないようだ。キミコさんは「よっこいしょ」と立ち上がり、台所からビール瓶を四本提げてくる。そして酒屋ならではの冗談を言った。

「じゃんじゃん飲んでね。なんせお酒なら売るほどあるから」

真鶴の魚は新鮮だ。伊勢海老はもちろんのこと、鯵のたたきがとろけるほどで、莉歩は思わず口元を押さえた。

「美味しい」

「アヤト、ちゃんと座って食べな。エルサ、お菓子はご飯を食べてから！」

食卓に並んだご馳走は、ほぼナオさんが作ったという。エプロンを外すとタンクトップにショートパンツと露出が多く、およそ母親らしくない。それでも料理の腕はたしかで、刺身も自分で魚を捌《さば》いたらしい。

「ま、漁師の娘だからね」

すごいですねと褒めると、ナオさんはエルサちゃんがこぼした醤油を拭きながらそっけなく答える。小さい子が二人いると、対応に追われて少しもじっとしていられない。ほとんど食べる間もなく、「あ、その伊勢海老の頭ちょうだい。味噌汁にするから」と、さらに働く。

「学校司書？　へぇ、なんかいいね、ブンカテキで」

コウジさんは子供たちの面倒もろくに見ず、手酌でビールを干してゆく。最初の一杯だけ莉歩が注いだが、ピッチが速いので「あとはいいよ」と断られた。キミコさんはその上をゆく酒豪らしく、すでに日本酒に切り替えている。

「身の周りに常にお酒があるからね。ホント酒屋の嫁になってよかったわぁ」とケラケラ笑う。

「ねぇ、ばあちゃん食べすぎじゃない。大丈夫？」

土曜だった昨日は会社の同僚とのバーベキューがあり、飲みすぎてしまったという博之は、ノンアルコールビールを手にしていた。グラスを傾けながら、眉をひそめる。

「ああ、最近満腹中枢おかしいみたい。でも止めると戦後の食糧難を思い出して泣くから、好きなだけ食べればいいかと思って」

おばあちゃんは会話に加わらず、にこにこしながらずっと箸を動かしている。取り皿には、海老の天ぷらの尻尾だけが五つも転がっていた。

アヤトくんが唐突に「ウンコウン〜コ、ウンココ〜」と妙な節をつけて歌い出し、台所から戻ってきたナオさんに叱られる。エルサちゃんは長机の下に隠れ、仏壇から拝借したラムネ菓子をこっそり食べている。ブンカテキとはほど遠い宮田家はめまぐるしく、莉歩はずっと薄笑いを顔に貼りつけていた。

「まぁこんな家だけどさ、魚だけは旨いから、リホちゃん気軽に遊びに来てよ」

「そうよぉ。孫の顔も早く見せてほしいしね」

陽気な人たちだ。建前でなく本音で喋るから、デリカシーがない。孫という言葉が飛び出して、莉歩は急に息がしづらくなった。

博之はなにもフォローしてくれない。いや、できない。

この人たちは、自分は「欠陥品」だと嘆く博之を知らない。しっかり者で優秀なお兄ちゃん、宮田家での彼の役割はそれだ。陰影を持たない家族に囲まれて、少年時代の博之も息苦しかったのだろう。

でももう大丈夫。博之には私がいる。

よりを戻してからの博之は、莉歩に対して従順だった。極度に整頓されたあの部屋に、次々と私物を持ち込んでもなにも言わない。実家に連れて行ってと頼んでも、すぐに「分かった」と連絡を取ってくれた。

バスマットをピンクに替えても関心を示さず、実はゾンビものが苦手だと打ち明けた莉歩に合わせて、『ウォーキング・デッド』を観なくなった。

それは諦めのようにも見える。でも家庭を持つというのは、つまりそういうことだ。共同体の輪を優先させて、なんの益にもならない個人のこだわりは捨てること。いずれ子供ができれば彼らが生活の中心になる。家庭と関わりのない宝物を、いつまでも握りしめているわけにはいかない。

「お兄ちゃんもしっかり食べて。なんかやつれてない。仕事忙しいの？」

金目鯛の身をほぐしていたキミコさんが、小皿に取り分け博之に渡す。莉歩のぶんも差し出されたので、礼を言って受け取った。

「いやべつに、普通だよ」

母親の手前そうは言っても、博之は近ごろ帰りが遅い。前なら断っていた飲み会やバーベキューにも、積極的に出るようになった。ベネライズの営業は体育会系が多いというから、結婚に備えて上司や同僚の覚えをめでたくしておきたいのかもしれない。

「そう？　でもまぁこれからはリホちゃんがいるから、体調管理してもらえるわね。この子ったらお正月くらいしか帰ってこないでしょ。ちゃんと食べてんのか心配でねぇ」

「えっ！」

調子外れの声が洩れてしまった。県南西部への出張があるときは、実家を宿代わりに使っていると聞いていた。どういうこと？　と隣を盗み見ても、博之は目を合わせようとはしない。

キミコさんが怪訝そうに首を傾げた。莉歩はしどろもどろに取り繕う。

「あ、いえ。博之さん、お料理得意ですし。私なんて、出る幕ないです、はい」

そうか、香澄さんのところだ。説明がなくても、理解した。

先ほど、真鶴って意外に近いんだなと思ったばかりだ。快速なら、片道一時間あまり。わざわざ実家に泊まらなくても、県南西部は充分帰れる距離にあった。

たしか博之が香澄さん宛てのＬＩＮＥを誤送信してきたのも、出張と聞いていた日だっけ。作り笑いを浮かべつつも、心は凍りついてゆく。後ろめたさが博之の横顔から、どんどん血の気を奪っていった。

二人の間に走る緊張は、キミコさんたちにも伝わったかもしれない。幸いにも「どうしたの？」と聞かれる前に、店の電話が鳴りはじめた。

「ああ、はいはい。ちょっと待っててねぇ」

キミコさんは電話のコールに返事をして立ち上がり、昭和のにおいがする磨りガラスの填まった引き戸を開ける。

「はい、宮田酒店。ああ、いつもお世話様。え、今日の配達は昼までって言ってあったじゃないの」

気心の知れた相手らしい。キミコさんの口調に遠慮がない。

「誰？」とコウジさんが尋ねる。

「『ひのや』の奥さん」

「あー、ごめんねおばちゃん。俺もう飲んじゃった」

電話越しでも聞こえるよう、声を張り上げる。コウジさんはすでに中瓶を二本空けている。

「じゃあ、俺が行くよ」

代わりに立ち上がったのは博之だ。アルコールはまだ、一滴も飲んでいない。

「え、でもいいの？」

コウジさんがちらりと莉歩に目を遣った。博之が動いてくれるのが一番だが、婚約者を放置して平気かと聞いている。

「だってお盆だし、宿泊のお客さんだっているだろ。おばちゃん困るよ」

話の流れからすると、「ひのや」というのはたぶん民宿だ。莉歩になんの断りもなく、博之はもう土間に下りて靴を履いている。

「分かった、キリンとアサヒ二ケースずつね。うん、お兄ちゃんが行ってくれるって」

酔いを少しも足取りに出さず、コウジさんが博之の後を追う。じっとしていられない気がして莉歩も腰を浮かしかけたが、「座ってりゃいいんじゃない？」とナオさんに止められた。ビールケースを積み終えた軽トラックが発進してゆく。「お兄ちゃんがシラフでよかった」と言い合いながら、キミコさんとコウジさんが戻ってきた。

博之がいない間、どうしていよう。内心の焦りはきっと、顔に出ている。

こういうときに社交性を発揮できる人間なら、学生時代にもっと上手くやれている。特に同性である、キミコさん、ナオさんの目が怖かった。男の人なら見逃してくれるちょっとした気の利かなさにも、女性はすぐ目を留めてしまう。

できれば素敵なお嬢さんだと思われたい。失礼のないように、心にかなうように。そう思うあまり、喉が塞がって声が出ない。

キミコさんが、おばあちゃんの背後にあった押し入れを開ける。中はまさに物を「押し入れた」と言うにふさわしい。手前に置かれた物をいくつか除けてから、「北海道じゃがいも」と書かれた段ボール箱を引っ張り出した。

なにをする気だろうと見守っていると、キミコさんは「うふふ」と悪だくみをするように微笑みかけてくる。

「あ、俺積むわ」

「ねぇねぇリホちゃん、アルバム見る？」

莉歩とこの家族との共通の話題といえば、博之のことくらい。間を持たせようとしてくれたのが分かり、安堵と共にようやく「はい」と返事ができた。

三

周りの山影が映るのか、真鶴港の海面はエメラルドグリーンに波打っていた。雲一つない空を、トンビがゆったりと旋回している。堤防には糸を垂れる釣り人の姿。漁はすでに終わったようで、釣り船は係留され、あるいは船揚げ場に引き揚げられている。

暑い。酔いを冷まそうと風に当たりに来たが、たまに吹くのは熱風だ。体温がみるみる上昇し、酒に火照《ほて》った頬が燃えるよう。ジクジクと鳴く蟬の声が遠ざかった気がして、ぼんやり突っ立っているのは危ないと、莉歩は船揚げ場に足を向ける。

民家の庭先に咲く百日紅《さるすべり》が目に鮮やかだ。ぽつぽつと建つ網小屋では、よく日に焼けたおじさんたちが網を繕っていたり、甲子園のラジオ中継を聴きながら昼寝をむさぼったり。手元にはもれなくチューハイのロング缶があり、暑さのせいか誰も言葉を発しない。

身の周りにデスクワーカーしかいないせいか、陽射しにさらされ肌の皺んだ男たちを、莉歩は少し怖いと感じる。暑さに疲れきった彼らの目から庇《かば》うように、胸の前で腕を組んだ。

陽が傾けば彼らは、そして堤防の釣り人は、港から姿を消すのだろう。他に通行人の姿はない。炎天下を避けて隠れているのか、普段から人がいないのか、どちらにせよ引き揚げられた船の陰や網小屋の隅で子供がいじめられていても、見咎められることはなさそうだった。

たぷたぷと、船揚げ場に波が打ちつける。少し先には白いクルーザーが幾艘も舫《もや》われており、「関係者以外立ち入り禁止」の看板が立っている。高台の、別荘族の持ち物かもしれない。煤けた網小屋や缶チューハイとは、一線を画する光景である。

この辺りだろうか。十四歳の博之が、いじめっ子から逃げ惑っていたところは。

宮田家のアルバムで見た当時の博之は、学生服がまだぶかぶかで唇が赤く、可憐《かれん》という言葉が似合う少年だった。

一部の男子からは、男らしくないとからかわれやすい容姿である。真面目な優等生タイプだったのも、おそらく鼻についたのだろう。

いじめっ子の一人だった佐伯ゆり奈の写真も、中学の卒業アルバムで見た。他のいじめっ子たちの名前は忘れても、ゆり奈だけは覚えていた。

博之の性癖を決定的に歪めてしまった、張本人だ。絶対に許さないと、心に刻みつけていた。

佐伯ゆり奈は目立つ子だった。三年一組のページを開いたとたん、彼女だけが3D映像のように浮かび上がって見えた。そう錯覚してしまうほど、水際立った美少女だった。

肩につく長さの髪が不自然に黒いのは、写真撮影のために黒く染めることを強要されたせいだろう。不機嫌そうにこちらを見る目は十五歳とは思えないほど憂いを含み、頬は光り輝くように白い。表情が暗いせいかもしれないが、まるでなにかの呪いのように美しかった。

「綺麗な子」

賛美の呟きが思わず洩れる。眠そうな子供たちをあやしていたナオさんが、アルバムを見もせずに答えた。

「ああ、ゆり奈先輩でしょ」

「知ってるんですか？」

「うん、だって小学校一緒だし」

この町に今は小学校も中学校も一校ずつしかないが、ナオさんたちのころは小学校が統合前で二校あったらしい。ゆり奈とナオさんは、博之やコウジさんとは別の学区だった。歳が三つ違いだから、中学では入れ違いになったようだ。

「ゆり奈ちゃんって、あれでしょ。佐伯さんとこの」

キミコさんまで知っている。授業参観のときに、ひと際目を引く子だったという。

「綺麗すぎたんだよ、先輩は」

「そうねぇ、高校に入ってすぐ、町を飛び出してっちゃったもんねぇ」

ビール瓶を五本空けたコウジさんが、さすがに目をとろんとさせて話に加わる。

「ああ、義理の親父がな」

なにがあったのか、詳しく聞きたい。だが縁もゆかりもないゆり奈のことを、知りたがるのも不自然だ。きっかけを探しているうちに、会話はどんどん流れてゆく。

「これだけ顔見知りばかりの町じゃさ、馴染めない奴もいるって。兄貴だってそうじゃん」

「まぁねぇ、高校から湘南行っちゃったもんねぇ」

博之は神奈川県下でトップクラスの公立高校を出ている。当時はまだ学区制があったため、藤沢の叔父の家から通ったそうだ。新しい場所で、一からやり直そうとしたのだろう。

「やっぱり勉強のできる子は、地元を離れてっちゃうね。その点コウちゃんは家にいてくれて助かるけど」

「悪かったね、兄貴みたいに出来がよくなくって」

「いいのよ、あんたくらい図太いほうが」

そう言ってキミコさんは少し寂しそうに笑った。

この人は博之がいじめられていることに、薄々気がついていたのかもしれない。具体的なことまでは分からなくても、息子が顔を腫らして帰ってきたことはあったろうし、靴の跡がついたワイシャツを洗濯してやったりもしただろう。

でも博之は、家族になにも言わなかった。彼のプライドが、惨めな告白を許さなかった。

卒業アルバムのページをめくる。博之は、三年二組にいた。本人が言っていた通り、このころには背が伸びて、あどけなさが薄れている。一応微笑みのようなものを浮かべているのに、印象が薄い。いじめはもう収まっていたはずなのに、まだどこか不安げな顔つきをしていた。

「だからね、お兄ちゃんがリホちゃんを連れてきてくれて、本当に嬉しいの。もうこっちに戻ってくることはないでしょうね、あの子は。だからリホちゃん、よろしくね」

キミコさんは冷酒のグラスを傾け、莉歩に向かって力なく笑う。あの子「は」と、そこだけがやけに強調されて聞こえた気がした。

「莉歩」

船揚げ場に打ち寄せる木屑と海藻が絡み合ったゴミを眺めていたら、遠くから声をかけられた。

顔を上げると博之が、女物の白い日傘を差して近づいてくる。莉歩は一歩も動かず、その場で待つ。

「これ、熱中症になっちゃいけないからって母さんが」

「ありがとう。ちょっと風に当たりたくて」

「いいよ、どうせ母さんが無理に飲ませたんだろ」

「べつに無理じゃないけどね」

キミコさんに冷酒を勧められ、少しくらいならと思って飲んだ。日本酒は飲み慣れていないから、妙に回ってしまった。

「水、飲んどきな」

「うん、ありがとう」

差し出されたペットボトルを受け取る。博之は優しい。むしろ腫れものに触るくらいに。痛すぎる腹を、探られたくはないからだ。

浅はかだなぁ、博之は。

こんなに分かりやすい人だったっけ。いちいち腹を立てるのも、馬鹿らしくなってくる。

水をひと口飲んでから、莉歩はふふっと唇の先で笑った。

「お兄ちゃんって、呼ばれてるんだね」

博之が怪訝そうな顔をする。すぐに実家での呼称だと気づいて、安心したように頬を緩めた。

「この歳にもなって、恥ずかしぃよ」

「私のことも、リホちゃんって」

「初対面から馴れ馴れしくてごめん。あの人たち、人との距離が近いから」

「ううん、嬉しかったよ。アルバム見せてもらった。博之、子供のころおちゃめだったんだね。パンツ被って遊んでた」

「嘘、見ちゃったの？　困ったな」

よく分かる。口では困ったと言いながら、ホッとしている。

よかったね。「出張」のことを問い詰められずに済んで。

博之を軽く見くびりながら、同時に莉歩は、無邪気に笑っていた子供が薄暗い顔をするようになってしまった、その経緯《いきさつ》に思いを馳せた。

「ねぇ。ここに来るとやっぱり思い出す？」

「うん、そうだね。少しはね」

脈絡のない質問だったのに、戸惑った素振りもなく博之が答えたのは、ちょうどそのことを考えていたからだろう。ゆり奈にはじめて、辱められた場所。博之の視線が一番手前の網小屋に移る。

みしり。胸が軋む音がして、莉歩は喉元に手を当てた。

「もしかして好きだった？　ゆり奈さんのこと」

「は、まさか」

「じゃあ、恨んでる？」

「昔のことだよ」

――嘘つき。

喉元の手を胸まで下げて、きゅっと握る。ゆり奈の仕打ちを何度も辿って、忘れないようにしてきたくせに。

なんといったっけ、リエナクトメント？　香澄さんですらただの身代わりにすぎない。博之はその向こうに、ゆり奈を求めていたはずだ。

出張と偽って香澄さんと会っていたことなんて、今さら知ってもどうってことない。本当の敵は、ゆり奈なのだ。彼女の面影を消し去ってやらないと、博之はまっとうに戻れない。

博之を治してあげなきゃ。そう思いつつきっかけが摑めずにいたけれど、真鶴に来て本当によかった。

湿った海風が顔に吹きつける。莉歩は柔らかな髪を押さえながら、博之を見上げた。

「ね、私お土産買いたい。お義母《かあ》さんに美味しい干物屋さん教えてもらったんだ。行っていい？」

博之はどこか上の空だった。莉歩の不穏な微笑みにも気づかずに、「うん、いいよ」と頷いた。

四

キミコさんに教えてもらった店は、船揚げ場からは港を挟んで向こう側、遊覧船乗り場の近くにあった。

干物屋というよりは魚屋で、他にもさつま揚げや鯵フライ、イカ天といった、自家製の惣菜が並んでいる。店先には簾《すだれ》が斜めに立てかけられて、鯵が天日干しにされていた。

木造で、宮田酒店とも似た造りだ。お盆といえど遊覧船乗り場に賑わいはなく、そちらから人が流れてこない。莉歩と博之が店先に立ったのに気づき、パイプ椅子に座ってスマホをいじっていた店番の女が顔を上げた。

「いらっしゃい」

人生に疲れたような、投げやりな声を出す。一つにまとめた髪は後れ毛が目立ち、潮に焼けてぱさついていた。Tシャツに、膝下までのコットンパンツ。顔に化粧はしておらず、頬骨に大きなシミが目立つ。

「なんにしましょ」

そう言えと、教えられたから言っている。そんな感じの生気のなさだ。

莉歩は博之を仰ぎ見る。彼は幽霊でも見たように固まっている。

「あの、お伺いしたいんですけど」

意を決して切り出した。でも途中で「ママ、ママー！」と呼ぶ、甲高い声に遮られてしまう。

二階が住居になっているのだろう。階段を下りてくる足音がし、突き当たりにある木製のドアが開いた。

「ねぇママ、アタシの浴衣どこ？」

中学生くらいの、美しい少女だ。物憂げな印象が、パイプ椅子に座る女とよく似ている。

女は身を反らすようにして振り返った。顎の下にほくろがあった。

「さぁ。前の家に置いてきたんじゃない？」

「はぁ？　マジかよ。使えねぇ！」

少女はさらりと暴言を吐き、再びドアの向こうに消えて行った。

女は娘のひどい態度を叱りもせず、ただ重苦しい息を吐く。

「ああ、すみません。なんでしょう」

思い出したように鈍重な視線を莉歩に向けた。美しかったころの片鱗《へんりん》はあるのに、目の下がたるみ、頬が削げている。足が悪いのか、立ち上がると少しよろけた。左足をわずかに引きずっている。

博之が後ろから莉歩の肩を摑んだ。構わず早口に問いかける。

「あなた、佐伯ゆり奈さんですよね？」

女は記憶の底を浚《さら》うように目を泳がせ、莉歩と博之を見比べた。

「佐伯は旧姓ですが」

分からないのだ。この女は間違いなくゆり奈なのに、博之に気づかない！

博之に強く腕を引かれる。体勢を崩しながらも、莉歩は食い下がった。

「覚えていませんか。中学で一緒だった、みやっ！」

宮田と言おうとして、口を手で塞がれた。足が地面から離れる。暴力的な勢いで担ぎ上げられていた。

ゆり奈は無感動に、連れ去られてゆく莉歩を見送っている。追いかけようにも足の自由が利かないから、はじめから諦めているようだ。

その顔に、最後まで閃きの色は浮かばなかった。中学時代の同級生に無理矢理自慰をさせた。そんなことは、彼女にとっては遠すぎて思い出しもしない記憶の一つにすぎなかった。

博之に抱えられるようにして、気がつけば遊覧船に乗っていた。

真鶴町は上から見ると、羽を広げた鶴の形をしている。その頭の先端、三ツ石沖まで行って戻ってくる、三十分間のクルージングだ。

乗客は莉歩と博之の他に、子供二人の家族連れと老夫婦。船尾でカモメに餌をやれるというので、皆デッキに出てしまい、座席に残っているのは莉歩たちだけになった。

さっき摑まれた腕に、指の跡が赤く残っている。引きつれたような痛みがあり、莉歩は指の形をそっとなぞった。隣では博之が両手で顔を覆い、膝の上に突っ伏している。

船が小型だからか、それとも波が荒いのか、振動が下腹に響く。船に追いすがるカモメが鳴き、子供たちがきゃーっと笑う。博之の全身から拒絶の気配が立ち昇り、莉歩はなにも話しかけられずにいた。

「なんで、知ってるの。彼女がいること」

やがて窓の外にしめ縄のかかった巨石が見えてきたころ、絞り出すような呟きが聞こえた。海面に顔を突き出す石が三つ。そろそろ折り返し地点である。

莉歩は重苦しい空気を吸って吐いた。

「言ったでしょ、お義母さんに教えてもらったって」

「もうこっちに戻ってくることはないでしょうね、あの子『は』」と、キミコさんは一部をことさら強調して言った。なら他に、この町に戻ってきた人がいるのだ。話の流れからして、ゆり奈だと思った。

キミコさんもナオさんも噂好きらしく、水を向けてみるとよく喋った。

「東京にいたらしいけど、春先に娘さんを連れて戻ってきたの。あそこの干物屋のおじさんと、先月再婚したらしぃよ」

義理の父親が亡くなったから、戻る決心がついたんだろうとナオさんが言った。具体的なことは聞かなかったが、義父とは折り合いが悪かったのだろう。

「DV受けてたんだって、前の旦那さんに。離婚してから一人で子供を育ててたけど、そうとう生活が苦しかったみたい。でもこっちに戻ってすぐ再婚の話が持ち上がって、まとまったんだよ」

再婚相手は五十代。老母もいまだ健在で、「完全に介護要員じゃん」とナオさんが憤っていた。それでも子供を抱えて定職のないゆり奈には、選択肢がなかったのだ。

そのことを、博之は知らなかったはずだ。「お正月くらいしか帰ってこない」せいで、重要な出来事を聞き洩らしてしまった。

「それで俺は、ざまぁみろって思えばいいの？」

椅子に座って顔を突っ伏したまま、博之はくぐもった声で問いかけてきた。その向こうに見える空が、恨めしいほど青い。

「そんなこと――」莉歩は首を振り、考える。

惨めな境遇のゆり奈。彼女が変わらずに美しいままだったら、きっと博之に会わせようとは思わなかった。容貌が様変わりしていることは、キミコさんから聞いていたのだ。

「苦労したんだろうね、歳よりずいぶん老けちゃって。綺麗な子だっただけに、なおのこと可哀想」

ゆり奈はたしかに、この小さな町で暮らすには「綺麗すぎた」のだろう。評判の美少女の転落ぶりに、誰も無関心ではいられない。容色の衰えさえも、噂の種になってしまう。

実際に莉歩の想像よりも、ゆり奈はしなびていた。血統書つきの犬も、劣悪な飼育環境で育てばみすぼらしくなる。元の麗しさを知っているだけに、どんなひどい目に遭ってきたのだろうかと、さらに興味をかきたてられる。

あの美しくも傲慢なゆり奈は、もういない。博之が囚われ続けてきたゆり奈は、人生の残りかすを啜ってどうにかこうにか生きている、惨めな女になり果てた。だからもう、解放されていいと思うのだ。すべては遠い過去のことだ。

「私はただ、踏ん切りがつけばいいと思ったの」

遊覧船は大きく旋回し、もと来た航路を辿ってゆく。デッキに出ていた老夫婦が船室に戻ってきたが、不穏な気配を感じたか、莉歩たちから一番離れた席に座った。

「だからって、あんな――」

博之は泣いているのだろうか。肩が小刻みに震えている。

あんな？　あんなゆり奈は見たくなかった？

でもこれが現実だ。あれからすでに、二十年近くが経っている。博之が同じ場所で足踏みをしているうちに、彼女は消耗し疲れきった。生意気な娘を叱る気力も失せるほどに。

さぁ、もう充分でしょう。報復なら博之の代わりにどこかの誰かがしてくれた。後ろを向いて生きるのはお仕舞いにしよう。

なのに博之は煮えきらない。

「俺は、あの子が不幸になればいいなんて、思わなかった」

「なら、幸せを願ってた？」

肩の震えが一瞬止まり、伏したままの頭が横に振られる。この人はまだ、自分を偽っている。

「怒っていいんだよ。あの人、全然博之のこと分からなかった。博之はひと目で気づいたんでしょう？」

博之の頭が揺れる。今度は縦に。

「忘れてるんだよ。一人の男の子を寄ってたかっていじめたことなんて。あの人にとっては、その程度のことなんだよ」

暇潰しに人形の服を、剝いて遊ぶようなもの。だから博之も、ざまぁみろと吐き捨ててしまえばいいのだ。お前が人形代わりに弄んだ男は、今や誰もが名を知る大手企業に勤めている。素性の知れないDV男ではないし、生臭さの染みついた干物屋の親父でもない。お前が摑んできたどの男よりも、はるかに上等だ。そう言って笑えばいい。

「憎んでいいんだよ。今なら全部聞いてあげる。だから吐き出しちゃえ」

本当は、博之がゆり奈を悪しざまに言うのを聞きたいだけなのかもしれない。だって莉歩はまだ耳にしていないのだ。「あの女！」と罵る博之の声を。この口から品の悪い言葉が飛び出せば、少しは気が晴れるかもしれなかった。

「憎め、ない」

でも博之は莉歩の望みをかなえてくれない。嚙み締めた歯の下から、唸るように吐き出した。

「知ってるんだ。あの子がずっと、義理の親父にやられてたこと」

カモメがひと際高く鳴く。まるで若い女の叫び声のように。

「やられてた？」

「小学生のころからだって、口さがない奴らが噂してた」

そこで莉歩もようやく気づく。「やる」が、性行為そのものを示していることに。

義理の父親に、小学生のころから犯されていた？

頭に浮かんだのは、今のゆり奈ではなく卒業アルバムの彼女だ。歳に似合わぬ、物憂げな瞳。あのころからすでに、なにかを諦めたような顔をしていた。

「高校に入ってすぐ妊娠して、中絶したんだ。親父の子だって、みんな言ってた。あの子は町にいられなくなって、出てった」

博之は切れ切れに喋る。コウジさんが「義理の親父がな」と思わせぶりに言ったのは、そういうことだったのだ。

莉歩はぞっとして腕を撫でた。たぶんみんな、知っている。町の人の、大半は。

「親父があの子から誘ったんだと言って、母親は信じた。母親はスナックをやってて、夜はほとんど家にいなかった。可哀想な子だったんだ」

親の庇護のもと温かなベッドで安心して眠るべき夜を、庇護者そのものの手で壊される。子供に逃げる術《すべ》はない。家庭という密室で行われる、いつ終わるとも知れぬ悪夢だ。可哀想という言葉では、とても追いつかないおぞましさだった。

でもそれが、博之とどう関係があるの？

莉歩は「だから？」と疑問を返す。

「可哀想だから、許すの？」

「違う、許してない。でも、憎んでもない」

「ねぇ、博之。顔を上げて」

肩に伸ばした手を乱暴に払われた。痴話喧嘩と思ったか、老夫婦はこちらを気にしながらも反対側の窓に張りついている。無用なトラブルを避ける知恵だ。

博之はそれっきり、なにも言わなくなってしまった。船の振動だけが体に響く。莉歩はただ、縮こまって震えている博之を見下ろしていた。

老夫婦の、囁くような話し声が聞こえてくる。

「あら、あっちのほう、嫌な雲が出てきたわね」

「ああ、本当だ。夕立でもくるのかな」

遊覧船が速度を落とす。ゆっくりと埠頭が近づいてくる。

船が接岸しても博之は、しばらく顔を上げなかった。

心配した係員が、「あの、ご気分でも？」と声をかけてくる。

「いえ、大丈夫です」

本人の代わりに莉歩が答え、博之の腰に手を回し下船するよう促した。

目元を払い立ち上がった博之の、鼻先が赤い。係員に会釈して、先に立って歩き出す。外に出てみるとたしかに北の空が陰り、ひと雨きそうな風が吹いていた。

駐車場や道路を挟み、さっきの干物屋が遠くに窺える。声までは届かないが、再婚相手らしき腹の突き出た男に急き立てられて、ゆり奈が干物の簾を取り込んでいる。足を引きずっているため上体が揺らぎ、ひどくもたもたして見えた。

博之は遠い目をしてその様子を眺めている。潮風が二人の間を吹き抜けてゆく。

波の音に紛れて、ぽつりと呟く声が聞こえた。

「けっきょく支配するかされるかなんだ、人なんてものは」

博之は見なかったのだろうか。前を行く老夫婦が肩と腰に手をかけて、庇い合うようにしてタラップを降りて行ったのを。白髪の上品な奥さんが、連れ合いと目を見交わして「ふふっ」と花が咲くように笑ったのを。

支配するか、されるか。博之が人との関係を、そんなふうにしか捉えられないのなら、しょうがない。手綱はしっかり握って、放さないようにしなければ。

子供たちが奇声を上げて、駐車場を駆け抜けて行った。莉歩は無防備に垂れ下がっている博之の腕に、手を添える。

「帰ろっか?」

ぽつり。夕立の先触れが、ひと粒頰に落ちてきた。

第八章　安泰

一

いつまでも寝ていられる休みの日にかぎって、早く目覚めてしまうことがある。仕事の重圧から解放されて体がやけに軽いとか、その日の予定が楽しみで心が浮き立っているとか、理由はいくつか考えられる。だが、莉歩の場合はそうではなかった。たんに、寝飽きたのだ。

枕元のスマホを引き寄せてみると、まだ朝の六時二十一分だった。

セミダブルのベッドを共用している博之は、規則正しい寝息を立てている。莉歩が身を起こすと、スプリングの軋みで目が覚めてしまうかもしれない。そう思うと、ベッドから抜け出るのさえためらわれた。

もう少し寝ていたいと思うけど、頭の芯が冴えてしまい、夢の中には戻れそうにない。

仕方なく枕に頬をつけたまま、スマホをいじる。フェイスブックは友達がいないのでしていない。ツイッターは見知らぬ人からのマウントが怖くて手を出せず、インスタに投稿するようなキラキラした出来事もない。

本日は晴れのち曇り、最高気温は三十四度、降水確率二十パーセント。

天気予報を確認すると、特にすることがなくなった。

でもそうだな、インスタくらいは始めてみてもいいかも。

そう思いつき、さっそくアカウントを作成する。ユーザー名をRihoにしようとすると、すでに登録があるらしく、数字を加えたりアンダーバーを入れてみたりといくつか試さなければならなかったが、あっけないほど簡単に作れてしまった。

ただこれだけのことなのに、なにを尻込みしていたんだろう。

おかしくなって、声を立てずに笑う。だがそのすぐ後に『プロフィール写真を設定してください』と出て、鼻白む。

莉歩に自撮りの習慣はなく、スマホのフォルダの中に「盛れてる」写真など一枚もない。人に見せられる写真は近所の野良猫と空を写したものくらい。仕方がないから屋外給湯器の上で丸まっている茶トラ猫を選択した。

ひとまずこれでいっか。写真はいつでも差し替えられるし。

起きたらさっそく投稿用に、婚約指輪の写真を撮ろう。きちんと箱に入れて、光源にもこだわって、隣に花でも添えておけば見栄えがいい。

今までとは打って変わって、これから先の人生はインスタ映えの連続なのだ。

たとえば結婚式場選び。『今日はブライダルフェアの試食会。#どれも美味しい　#選べないよ〜』

ウエディングドレス選び。『着てみた。私はマーメイドライン、彼はプリンセスラインがいいって言うんだけど、どっちがいい？　#首から下だけ　#もうちょっと痩せなきゃ』

新居選び。『駅近3LDK、ここに決めた！　二人だと広いけど、家族が増えたときのため。#予算ギリギリ　#インテリア　#引っ越し大変』

本番の結婚式当日には、メイクにヘアセット、ブーケの仕上がり、テーブルのコーディネートにウエディングケーキ、アップするネタはいくらでもある。そして新婚旅行先のビーチでは、インスタ女子の定番として、波に洗われるサンダル履きの足を撮る。

どれもこれも、凡庸で退屈な写真だ。でもそれこそが莉歩の考える、「キラキラ」だった。

今は手持ちの「キラキラ」はなく、登録だけで満足しておくことにする。博之は当分目覚める気配もない。どうしようかと考えて、浅倉さんからのLINEを既読無視していたことを思い出した。

『問題です。ここはどこでしょう？』

アプリを開いてみると、そんな問いかけと共に、どこかの洞窟らしき写真が添付されていた。昔の野良着みたいなものを着た人たちが洞窟を掘り進めようとしており、だがよく見てみるとそれらはすべて、人形だった。

『正解は、佐渡金山でーす』

莉歩が返事をしないものだから、三十分後には自らネタばらしをしている。彼女は今、佐渡島にいるらしい。

まだ横浜に帰ってなかったんだ。

国内旅行にしては、ずいぶん長い。金沢駅の前で撮った写真が送られてきたのが、盆の入りの十三日。今日は十九日である。

浅倉さんは金沢から出発して能登半島を一周し、富山、長野を経て新潟に入ったようだ。旅行気分で浮かれているのか、一日に何度もＬＩＮＥがくる。そのぶん、面倒な発言も増えていた。

『見て、火サスっぽい断崖！　ここに飛び込んだらもうグッチャグチャかなぁ』

『棚田キレー。天国への階段みたい。リホちんあたしもう帰りたくないかも』

『黒部ダム放水中〜。虹かかってんの分かる？　ここもひそかに自殺の名所だってさ！』

『善光寺来たけど牛いねぇ〜。牛にひかれたら死ねんじゃね？　と思ったのにぃ』

そんなふうに、自死をほのめかすようなことを書き送ってくる。だいたい「牛に引かれて善光寺参り」であって、「轢《ひ》かれて」ではない。勘違いも甚だしいが、訂正するのも億劫なので放置している。

そして佐渡金山では、『中にいるときホウラクしないかなってドキドキしたけど、無事出られちゃった』と書かれている。崩落を漢字変換する発想もないくせに、浅倉さんはまだおめおめと生きている。

死ぬ死ぬと、大げさに騒ぐ人ほどただのパフォーマンスだ。特に中二の女の子なんて、他人の気を引きたくてしょうがない年頃である。

中二にいちいち振り回されるのは馬鹿らしい。だから莉歩は上澄みだけを掬って『虹綺麗ね～』などと返事をしている。既読スルーになっているのがいくつもあるが、浅倉さんは関係なしに写真を送ってくる。

今はちょうど暇だから、ちょっとくらい乗ってあげよう。

『崩落を待たなくても、帰りのフェリーから飛び降りるほうが現実的じゃない？』

どうだ。人の幸せな気持ちに、水を差すから悪いんだ。

浅倉さんが既読をつけるスピードはいつも凄《すさ》まじいものだが、さすがにまだ寝ているのか、反応がない。

暇潰しはすぐに終わってしまった。

ベッドで輾転《てんてん》としているうちに、少しうとうとしたらしい。電話の着信音が耳元で鳴り、莉歩はびっくりして飛び起きた。

午前八時三十四分。画面に曽根原先生の名前が出ている。

このまま出ずにやり過ごそうか。そんな考えが頭をよぎる。

曽根原先生のお誘いを、なにかと理由をつけて三回も断っており、さすがにもうネタがない。早く諦めてくれないかなと祈っているが、先生ときたら意外に粘る。

迷っているうちに博之が、布団の中で「う～ん」と寝返りを打つ。眠そうに顔をしかめ、その目は莉歩に「出ないの？」と聞いている。

ここで「電話に出ない」を選択したら、なにかやましいことでもあるみたいだ。

博之に疑惑を抱かせてはいけない。痛い腹を、探られては困るのだ。

「ごめん、起こしちゃったね。ちょっと、ごめんね」

ごめんを重複させて、ベッドを下りる。寝室から出る間際に、「もしもし」と電話を取った。

「ああ、悪い。起こしたか？」

曽根原先生の声が洩れる前にドアを閉める。ほらね、私はちゃんと電話に出ました。心の中で博之に弁明する。

「いえ、大丈夫です」

声で寝起きと分かったのだろう。でも寝汚い女と思われたくなくて、否定した。

「朝からどうしたんですか」と尋ねながらリビングに移動する。ここからなら声は聞こえても、会話の内容までは聞き取れない。

「ああ、ちょっと聞きたいんだけどさ」

その先を予想して身構える。今日の予定？　俺のことどう思ってんの？　なんで会ってくれないの？

それらはすべて、ハズレだった。

「浅倉からなんか、連絡きてないか？」

「えっ？」

タイミングがよすぎた。どうして急に、浅倉さんのことを？

面食らっているうちに、曽根原先生は先を続ける。

「父親からさっき連絡がきた。それで俺、これから学校行くんだけどさ」

その口調が忙《せわ》しないことに、今さら気づいた。

「行方不明なんだって、あいつ」

まさか、本当に金山が崩落したとか？

不吉な想像が頭をよぎり、莉歩は膝から崩れるようにしてソファに座った。

二

博之が起きてきたのは、電話が終わってしばらくしてからのことだった。コットンパンツのウエストに手を突っ込んで、腹を掻きながらリビングに現れた。

お酒の飲みすぎで顔はむくみ、目が充血している。口周りは汚らしい髭に覆われて、場外馬券場でくだを巻いていそうな風貌だ。博之はここ数日、顔すらまともに洗っていない。

十三日は真鶴、翌十四日には莉歩の家にあらためて挨拶に行き、あとは有休と土日を上手く組み合わせて休んでいる。

五日もあるならどこかに連れて行ってくれればいいのに、ひたすら家にこもりっぱなし。真っ昼間からお酒を飲み、動画配信サービスで映画を観続けている。

それもお金のかかっていない、脚本も監督も役者もすべてがいまいちなC級映画ばかりである。のどかな農村で惨殺死体が発見されたと思えば、巨大イノシシの仕業だったとか、そんなやつだ。

お酒のお供はスナック菓子やジャーキー。遮光カーテンを閉めて電気まで消し、亡霊のように液晶の光を頬に映している。外出はおろか自らに課していた余暇のジョギングもせず、気のせいか顎周りの輪郭が曖昧になった。

どうしちゃったの？　と尋ねると、少し疲れたと答えた。だからちょっと休ませてほしいと。

おかげで莉歩も近所のスーパーに行く以外は部屋にいて、寝室で本を読んだり、家事をしたり、眠くなったらうたた寝をしたりして過ごしてきた。体力を使わずに寝てばかりいるのだから、寝飽きるのもあたりまえだ。

ゆり奈が惨めなおばさんになっていたことが、博之にとってはそれほどショックだったのだろうか。

いや、きっとこれは、マッサージの後なんかにくる、好転反応というやつだ。ゆり奈への執着が剝がれ落ちる際の、一時的な倦怠だ。この時期を過ぎれば憑《つ》きものが落ちたように、博之は立ち直るだろう。それに明後日からは、仕事も始まる。

ソファにレースのクッションと、結婚情報誌が載っているのを横目に見て、博之は床のラグに直接座った。惰性のようにテレビをつけ、朝の情報番組にチャンネルを合わせる。一週間のニュースを総ざらいと言いながら、さほど内容のない番組だ。国民の代表みたいな顔で独善的なことを言う、莉歩の苦手な元構成作家が喋っている。

「なにこれ？」

リモコンを置き、博之はごちゃごちゃしたローテーブルを顎で示した。莉歩が実家から持ってきた裁縫セットと、袋状に縫い合わされたサテン生地、リボンやレースが散乱している。

「昨日博之が寝ちゃってから作ってたの。リングピローの手作りキット」

「リング、なに？」

「結婚式の指輪交換のときに、リングを載せておくクッションだよ」

「ふぅん、気が早いね」

「暇があるうちに、やっとかなきゃ」

莉歩の両親とも相談して、挙式は来年三月あたりと考えている。まだ余裕があると思っていても、きっとあっという間だ。連休の間博之がちっとも動いてくれないから、こういう細々としたことから始めている。

「ごめん、片すね」

反論はあったが、弱っている博之に言ってもしょうがない。裁縫セットを広げる前は、ビールの空き缶とスナック菓子のカス、カルパスの包装フィルムだらけのテーブルだった。莉歩のほうが博之の何倍も、「なにこれ？」と問い詰めたいところだ。

あんなに整理整頓好きだったのに。

飲み終わった缶やゴミをいつまでも放置しておくなんて、本来の博之ならあり得ない。使った皿はすぐさま洗い、物の位置は厳密に決められていた。そこから少しでもはみ出たら、整理して捨てられるように。

だがこの部屋の秩序は、今や乱れきっている。婚約者という地位を得て堂々と入り浸っている莉歩が、クッションに着替え、パジャマ、メイク用品の数々、お気に入りのドライヤーにコテ、ブラ用の洗濯ネット、自分専用のシャンプーなど、次々に私物を持ち込んだからだ。それらを入れておくために、ピンクのチェストも運び込んだ。その上に鏡を置いて、ドレッサー代わりに使っている。

博之がバランスを欠いているのは、たぶんそのせいもあるのだろう。でも慣れてもらわなきゃ困る。結婚とは、相手の私物にまみれて暮らすということだ。博之の実家だって乱雑だったのだから、少しは耐性があるだろう。

莉歩の裁縫セットは小学校の家庭科で一斉に買わされた、よく分からない猫のキャラクターがプリントされたプラスチックの箱入りのものである。物持ちのよさに我ながら呆れるが、必要なものがひと通り揃っていて便利なのだ。

「あ痛っ！」

針山をその中に片づけようとして、きゅっと握ってしまった。刺しておいた針が貫通し、指先に触れる。ぷっくりと、血が玉になって浮き出てきた。

「気をつけて」

そう言いながら博之は立ち上がり、冷蔵庫からまたビールを出してくる。ストックはもうないと思っていたのに、夜中に起きて買ってきたのだろうか。朝のコーヒー代わりにするには、その飲み物は苦すぎる。

「どうかした？」

喉を鳴らしてビールを呷り、博之はようやく莉歩が指先を見つめたままでいることに気がついた。ラグの上に座る彼に、莉歩は手を差し伸べる。

「舐めて」

「は？　嫌だよ」

赤い実のように盛り上がった血を見下ろし、博之は鼻柱に皺を寄せた。

まだ、断れると思っている。莉歩は表情を変えずに駄目押しをする。

「舐めて」

怠惰に慣れた博之の瞳から、意思の光が消え去った。操られるように莉歩の手を取り、唇を近づける。指先に舌が触れ、ちゅっと吸われる感覚があった。

命令に、従うのは楽でしょう？　なにも考えなくていいし、悩まずに済む。

長い歴史の中で社会に飼い慣らされてきた男の人は、きっと上下関係に従順なのだ。犬と同じで、なにかに支配されていないと不安になるのかもしれない。

跪《ひざまず》く博之を見下ろしながら、莉歩はそんなことを考える。今まで自分が見くびられてきたのは、その原理が分かっていなかったからだ。

にこにこしていれば、優しくしてもらえると思っていた、馬鹿な私。これからはもう、絶対に、相手をつけ上がらせたりするもんか。

脳にじわりと愉悦が滲む。人を言いなりにさせることが、こんなに気持ちいいなんて知らなかった。

指先から、博之の唇が離れてゆく。名残惜しい気がしたが、鷹揚に微笑んでみせた。

「さっきの電話、なんだったの？」

博之は、まるで機嫌を取るような尋ねかたをする。胸の前に手を重ね、莉歩はいかにも苦しそうに眉を寄せた。

「それがね。聞いてくれる？」

金沢のおばあちゃんちに行きたい。

浅倉さんはお父さんに、そう訴えたそうだ。

忙しい父親に、盆休みはなかった。曽根原先生の話によると、大手スーパーの管理職らしい。慢性的な人手不足で、二十三時までの営業なので帰りも遅い。構ってやれない負い目から、一人娘の金沢行きを許可したという。

だが実家に住む老母は、思っていた以上に耳が遠くなっていた。電話で伝えたはずのことが上手く伝わっておらず、そのせいで失踪に気づくのが遅くなった。今朝の電話にたまたま近所に住む姉が出て、はじめて浅倉さんが来ていないことを知らされた。

父親は慌てて娘のスマホを呼び出した。立て続けに鳴らしても電話が取られることはなく、LINEをしても既読がつかない。

そこで曽根原先生のもとに、問い合わせがきたのである。

「浅倉さんからは『おばあちゃんちに着いた』って、初日に連絡があったみたい。だからたぶん、失踪というか家出だよね？　事情を知っていそうな友達はいませんかって、担任の先生が聞かれたらしいの」

いかにも不安げな表情を作り、莉歩は博之に訴える。曽根原先生との仲を一ミリも疑われたくなくて、急かされるような喋りかたになってしまった。

博之は、神妙な顔で聞いている。

「だけどあの子、クラスで孤立していたから――」

「君にはないの？　心当たり」

曽根原先生と発想が同じだ。二人とも、莉歩と浅倉さんがＬＩＮＥのやり取りをしていたことを知っている。

「うん。最近は、あまり連絡を取っていなくて」

するりと嘘が口をついて出た。曽根原先生にも、そう答えた。

「警察には？」

「すぐに行方不明者届を出すって。先生たちは、最寄り駅前や繁華街を捜してみるって言ってた」

そんなところにいるはずがないのに、ご苦労なことだ。失踪から、今日で七日目。無駄足なのは、きっと曽根原先生も分かっている。それでも担任教師としては、のんびりしてもいられない。

浅倉さんがクラスでハブられているのを、曽根原先生は黙認してきた。だからきっと焦っている。彼女の身になにかあったら、責任問題だ。保身のためにも、走り回っている姿は見せておかないといけないのだろう。

なかなか仕事を休めないはずの父親も、さすがに休みを取り、警察署に向かったらしい。

一人の少女の行方を追って、大の大人たちが仕事も余暇も放り出し、駆けずり回らされている。

やっと分かってきた。これこそがなんの力も持たない浅倉さんなりの、支配の仕方だ。彼女が手にしている武器は、未成年の女子であるその体のみ。身の安全を盾に取れば、大人は容易に慌てふためく。しきりに自死をほのめかしてくるのも、その一環だ。家出だって、捜してほしいからするのだ。

それなのに、七日も気づいてもらえなかったなんて。

人を意のままに動かすには、浅倉さんはまだ幼く、ちっぽけだ。はじめて彼女のことが、哀れに思えた。

だったらもっと、振り回してやればいい。自分を放置しておくとどれだけやっかいなことになるのか、周りに知らしめてやれ。夏休みが終わればきっと、学校中に知れ渡る。みんなこっちを向いてと、力のかぎり叫ぶのだ。

だから莉歩は黙っている。いくらもらったかは知らないが、手元のお小遣いが尽きるまでは逃げ続けてほしい。人に見くびられやすいという点では、浅倉さんと莉歩はよく似ている。お互いに、今が人生逆転のチャンスなのだ。

「莉歩は捜しに行かないの？」

「なんで私が」

博之に問われ、反射的に答えていた。形のいい眉が怪訝そうに寄せられたのを見て、間違えたと悟る。

「ほら私、ただの非常勤だし、教師でもないし。あんまり出しゃばれないよ」

「それでも、彼女がよく行く場所とか」

「知らないよ。友達じゃないんだから！」

後ろめたさがあるぶん、口調がきつくなった。それだけで博之は、躾の行き届いた犬のように大人しくなる。

「そうだね、ごめん」

弱々しく呟き、缶ビールを呷る。そうやって、神経を麻痺させようとしている。

言いすぎた。まだ加減がよく分からない。せめてもの罪滅ぼしに、莉歩は博之と目線を合わせる。

「代わりに、ＬＩＮＥで呼びかけてみるよ」

「事件や事故に、巻き込まれていないといいんだけど」

「大丈夫、きっと大丈夫」

だって昨日までは、あんなに元気だったんだから。

博之を慰めるように、その背中を撫でる。まるで彼が自分の息子であるかのような、不思議な感覚が蘇ってきた。守ってあげないと。この人は、傷ついた子供のままなのだから。

「明後日からまた仕事でしょ。お酒はそのくらいにして、美容院にでも行ったら？」

「うん」

「きっとすっきりするよ。それからなにか、美味しいものでも食べよう」

「うん、そうだね」

浅く頷き、博之はよろよろと立ち上がる。外出に向けて、シャワーを浴びるつもりらしい。その拍子に、飲み終わったビールの缶をぐしゃりと右手で握りつぶした。

三

「ねぇ、いくらなんでも入り浸りすぎなんじゃないかしら。婚約中といっても、嫁入り前なのよ。お父さんが心配しているから、一度帰ってらっしゃいよ」

スマホのスピーカーから、母親の苛立った声がする。ハンズフリー通話にしているため、少し割れた、薄っぺらい音だ。女の高い声では特に、迫力が出ない。

――嫁入り前だって。

古めかしい響きに、莉歩は唇の端を歪ませる。二十八の娘が思い通りにならないからって、そんなに必死にならなくてもよさそうなものを。

「博之さんは、傍にいるの？」

「ううん。美容院」

リングピローを縫いながら、簡潔に答える。気が散って、縫い目が少し歪んでしまった。

それでもひっくり返して綿を詰めれば、たぶんあまり目立たない。

「傍にいないなら、なおのこと帰ってきなさいよ。博之さんだって息が詰まるわよ」

この人は、いつだってそうだ。人の意見を代弁するふりをして、自分の主張を押し通す。

家から少し離れたことで、そういうところがよく見えるようになった。

思えば莉歩が失敗をするたびに、母親は苛立っていた。同情や心配、慰めの言葉で包んで直接目に触れないようにはしていたが、上手く立ち回れない娘がもどかしくてたまらなかったのだ。

やっと、期待に応えてあげられる。だからうるさく言わないでほしい。

「今、大事な時期なの」

莉歩たちの関係を、どう説明していいか分からない。だが今、博之の手綱を緩めてはいけないのはたしかだった。

「ええ、そうよね。だから――」

「今、大事な時期なの」

母親の声を遮って、同じ言葉を繰り返す。それだけでなんとなく、伝わった。

「大丈夫なのね？」

「うん、心配しないで」

「それならいいけど」

拗《す》ねたような口調である。「お父さんには上手く言っとくから」と、恩に着せることも忘れない。

電話が切れたとたん、胸がすっと軽くなった。両親のことが嫌いなわけじゃないけれど、彼らの傘の下は息苦しかったのだと実感した。だけど莉歩はもう、自由だ。

裁縫の手を止めて、テーブルに置いてあったスマホを取り上げる。ＬＩＮＥのアイコンに、未読件数を示す通知バッジがついている。

『さっき曽根原先生から電話があった。浅倉さんあなた、家出中だったの？』

博之がシャワーを浴びている間に送っておいたメッセージに対し、返事がきている。

『ごめぇん、お父さんからの鬼電ヤバくて、電源切ってた。そだよ〜〜〜』

相変わらずノリが軽い。ともあれ今日も元気らしい。液晶画面に指を滑らせている途中で、さらに向こうからメッセージが入る。

『リホちん、もしかして言っちゃった？』

浅倉さんの居場所を、ということだろう。莉歩はメッセージを打ち直す。

『ううん。言ってない』

『えっ、なんで？』

『言ったほうがよかった？』

『そういうわけじゃないけど』

本当は、居場所を伝えてほしかったのだろうか。でもこれは、浅倉さん自身が始めたゲームだ。そう易々と、抜けさせてあげられない。

『今、どこにいるの？』

『えっとね、ここ』

間を置かず、写真が送られてきた。車のフロントガラス越しの画像だ。あちらでは雨が降っているのか、ワイパーが動いていて、その向こうに青い道路標識が写っている。県道53号線。「道の駅胎内《たいない》」の表示が見える。

『ウケるよね、この地名！』

新潟の、胎内市だ。佐渡島からフェリーで戻り、さらに移動を続けている。

『どこまで行くつもり？』

『分かんない。決めてない』

『お金は？』

『お父さんのタンス貯金持ってきたから、まぁまぁある』

資金は潤沢なようだ。夏休みいっぱいは、そのまま逃げきればいい。

『ねぇ、リホちん。なんでチクらないの？』

『さぁ、なんでだろう』

分からないのはこっちだとでも言いたげに、すぐさま首を傾げる猫のスタンプが送られてくる。きっとまだ浅倉さんは、大人の行動にはちゃんとした動機や意味づけがあると信じているのだ。

『行方不明者届が出ているから、帰りたくなったらいつでも交番に行くといいよ。すぐに保護してもらえるはず』

まっとうな大人なら、こんな態度は取らない。早く警察に頼りなさいと、説得を試みるだろう。けれども正しい対応をしたとたんに、莉歩も浅倉さんの支配下に置かれる。そのせいで、これまで散々振り回されてきたのだ。同じ轍《てつ》は二度と踏まない。

『そっかぁ。でもあたしたち、ちょうどいい死に場所探してるんだよねぇ』

またそうやって、人の気を引こうとして。

相手にするまいと首を振る。だが次の瞬間、莉歩は強烈な違和感に襲われていた。

待って、さっきの写真。浅倉さんは、車の助手席に座っていた。ダッシュボードには、どう見てもタクシーメーターがついていない。そして、あたしたち？

とても嫌な予感がする。莉歩は唾を飲み下し、震える指で文字を打った。

『あなた、いったい誰といるの？』


考えてみれば、おかしなことばかりだったのだ。

ラグの上にスマホも縫いかけのリングピローも放り出し、莉歩は呆然と座っていた。顔の筋肉が弛緩して、口がぽかりと開いてしまう。どうして気づかなかったのかと、己を責めることすらしんどい。

金沢から能登半島をぐるりと回り、新潟まで。その間浅倉さんは、どのように夜を過ごしたのだろう。家出少女である彼女が、一人で宿に泊まれるはずがない。これまでに送られてきた観光地の写真にも、公共の交通機関だけでは行けない場所がありそうだ。

彼女は誰か、身内ではない大人と一緒にいる。女子中学生を七日間も連れ回す、ろくでもない大人と。

浅倉さんはその人を、「りょーちん」と呼んだ。たまたま北陸新幹線で隣に乗り合わせただけの、四十過ぎの男だという。

「りょーちん」は就職氷河期世代のど真ん中だ。ずっと派遣で食い繋いできたものの、ついに心身を壊してしまい、地元に帰るところだった。そんな男に話しかけられて、浅倉さんはなぜ意気投合してしまったのだろう。

『可哀想なんだよ、りょーちんは』

地元に戻っても仕事のあてはなく、なにより体の自由が利かない。人並みに家庭を持ち子供を育てている同級生と、比べられるのも嫌だった。そんな彼の寄る辺のなさに、共感したのだろうか。

『いっそ死んじゃいたいって言うからさ、じゃあ死に場所探しに行こうってなったの』

これって、なんになるんだろう。未成年者略取誘拐？

ただの家出で済まないことは、間違いなかった。

『信じられない。なにしてるのよ！』

浅倉さんの、危機管理能力の低さを忘れていた。自慰を見てほしいと言われて、見知らぬおじさんについて行ってしまうような子だったのに。

『怒られちゃった。やっぱチクる？』

今さら報告などできるわけがない。居場所を知っていたなら、なぜ最初に言わなかったのかと、責められるのは大人である莉歩だ。職をなくし、母親はまた苛立ち、博之にも嫌われる。そんなリスクを負うわけにはいかない。

『ヤバ。また鬼電きてるから、電源切るね。バイバイ』

知っていたのに。浅倉さんは、莉歩の手に負える子じゃない。それを忘れて、優位に立てると思い上がった結果がこれだ。滑稽なゲームを俯瞰《ふかん》していたつもりが、いつの間にか巻き込まれている。

LINEでのやり取りが途切れてから、どのくらい経ったのだろう。エアコンの冷気が体の芯まで染みてきて、剝き出しの肩がぶるりと震えた。

寒い。そう感じると同時に、玄関の鍵穴が回る音がする。

莉歩は慌てて、ちっとも進まないリングピローを引き寄せた。ひと針、ふた針、縫い進めたところで、散髪を終えた博之がリビングに入ってくる。

美容院ではなく、床屋に行ったのだろう。むさ苦しかった髭も綺麗に剃られ、しばらくの間疎遠だった清潔感を取り戻している。

やっぱり、かっこいい。

あらためて、そう思う。この人を失うわけにはいかない。

「外、暑すぎるからインドカレー買ってきた」

莉歩の機嫌を伺うように、博之はスパイスの香りがするビニール袋を持ち上げてみせる。

この関係を、壊したくない。

「浅倉さんは、なにか反応あった？」

動揺を、悟られないようにしないと。莉歩はスマホを背中に隠し、首を振る。

「ううん。なにもないの」

四

翌々日の二十一日は、図書室の開館日だった。

夏休みは、二十八日まで。休暇中最後の開館日とあって、読書感想文や自由研究のための資料を慌てて借りに来る生徒がいる。だが近くには公立図書館もあり、たいていはそちらへ流れるようだ。

暇ならちょうどいい。新学期が始まる前に、閉架の整理をしてしまえ。

そんな言い訳を胸に、莉歩は図書準備室に引きこもっていた。

浅倉さんの失踪は、生徒たちにはまだ知れ渡っていないはずだ。それでも情報は、必ずどこかから洩れる。不意打ちでなにか聞かれたら、ボロが出てしまいそうで怖かった。

しばらく人が入っていなかった図書準備室は、少しばかりカビ臭い。狭いスペースに閉架の図書が並んでいるため、エアコンの利きも悪く、立っているだけでも胸元に汗が滲んでくる。

不快だ。校庭の部活の声もこの部屋までは届かず、煮凝《にこご》りの下に沈んでいるような閉塞感がある。作業に集中しようと思っても、五分に一度はスマホを見てしまう。

浅倉さんは一昨日から電源を切りっぱなしなのか、それとも莉歩をブロックしたのか、メッセージを送っても既読がつく気配がない。日本列島を北上しているらしい二人は、今ごろどこを走っているのだろう。

スマホの電源は、切っといてくれたほうがいいのかな。

たしか警察なら、基地局に届く微弱な電波から居場所を特定できるはずだ。浅倉さんが見つかったら、ただの家出じゃないとバレてしまう。事件性ありとなれば、事情聴取は免れない。

『ねぇ私、なにも喋ってないよ。あなたが望むなら、これから先もなにも言わない。その代わりに、このLINEは消去してくれない？』

警察は、スマホの中身までチェックするだろうか。分からないけど、不安要素は消しておきたい。

『分かるよね。私は、あなたの味方だよ。だから浅倉さんも、私のことは言わないって約束してね』

浅倉さんが保護される前に、このメッセージが彼女の目に留まりますように。祈ったところで、既読はつかない。莉歩は首元を掻きむしる。

疲れた。あまり眠れていないのに、おかしいほど目が冴えている。神経が休まらなくて、莉歩は崩れるようにパイプ椅子に座り込んだ。

まさか二人とも、もう死んでるとかじゃないよね？

膝に肘をつき、頭を抱える。死に場所を探しているなんて、話半分に聞いていた。けれども中二を道連れにしようという、常識では測れない四十男と一緒にいるのだ。なにが起こっても不思議じゃない。人生で負け続けてきた「りょーちん」にとっては、女子中学生が一緒に死んでくれるなんて、夢みたいなものだろう。

どうして親や学校から逃れた先でも、また別の支配者を見つけてしまうのか。それが未成年の限界なのか。

たとえ無事に帰れたとしても、歳の離れた男とずっと一緒にいたのだ。おぞましい関係の有無を、誰もが想像してしまう。実態はどうあれ、浅倉さんは「おっさんにやられた女の子」という目を向けられる。

汚れたレッテルを貼りつけられたら、辛いのはその後だ。人は綺麗なテーブルを汚すことは躊躇しても、もともと汚れていたものをさらに汚すことには遠慮がない。侮蔑の連鎖から逃れるために、けっきょくまたよそへ逃げることになる。

そう、真鶴の町にいられなくなったゆり奈みたいに——。

いっそのこと、死んでいてくれないかな。

誰にも知られず、山深い森の中で死ぬのが、浅倉さんのためにも一番いい。汚れたまま生きてゆくのは大変だもの。ゆり奈だってきっと、綺麗なうちに死んでおけばよかった。そうすればあんなにも、惨めな姿をさらすことはなかっただろうに。

両手を握り合わせて祈る。今ならまだ、「りょーちん」のことは莉歩しか知らない。その事実を、自分は絶対に喋らない。

死ぬならどうか、人目につかないところでお願い！

コンコンと、図書室に接するスチールドアがノックされた。

莉歩は息を呑み、顔を上げる。なにか、嫌な報《しら》せがもたらされる予感がする。逃げようにも、出入り口はそこだけだ。

ゆっくりとドアノブが回るのを、莉歩はなす術もなく眺めていた。

「ああ、こっちにいたのか」

スチールドアを開けて入ってきたのは、曽根原先生だった。

莉歩を見て、ホッとしたように頬の肉を緩める。顔に疲れが出て、いつもよりいっそうくたびれて見えた。

「はぁ、まいったまいった」

眼鏡を外し、目頭を揉む。そのついでに先生は、眼鏡のつるを軽く咥えた。校内で煙草は吸えないから、その代わりだろう。この人は、疲れるとすぐ口寂しくなる。

「浅倉から、なんか連絡あった？」

「いいえ、なにも」

「そっか」

この嘘にはもう慣れた。白々しくならないよう注意して、問いかける。

「まだ見つからないんですか」

「ああ。校長が今朝、教育委員会に指示を仰ぎに行ったんだが、警察に任せとけって言われたそうだ」

よかった、まだなにも知られていない。気づかれないように、莉歩は胸を撫で下ろす。

どれだけ町中を駆けずり回ってきたのか、曽根原先生の目の下には、憔悴の色が滲んでいた。眼鏡を手に持ったまま、パイプ椅子を引きずってきて腰掛ける。

「警察なら、やっぱりすぐ分かるんですか。その、スマホの電波とかで」

「いいや、そういうのは事件性がないとできないんじゃねぇかな。浅倉の場合はほら、家出と分かってるからさ」

浅倉さんは一昨日のうちに、『大丈夫だから捜さないで』と父親宛にメールを送っている。それが決め手となって、自発的な家出と判断されたようだ。

行方不明者にも、特異行方不明者と一般家出人の区別がある。事件、事故に巻き込まれた可能性や自殺の意図があれば前者に分類され、そうではない一般家出人の場合は、積極的な捜査は行われないという。

「それじゃあ、警察に任せるって言ったたって」

「そう、浅倉が偶然どこかで補導されてくれるまで、待つしかない」

「そんな――」

莉歩は目を見開き、両手ですっぽりと口元を覆った。そうやって、うっかり持ち上がってしまった口角を隠す。

「まぁ年間の家出人の数を考えれば、そうせざるを得ないんだろうな」

それはなにより。そうやって無駄に、時間ばかりが経ってゆけばいい。

「クラスの奴らに片っ端から電話しても、なにも知らないってさ。お手上げだよ」

浅倉さんの孤立をそのままにしてきたのだから、情報が集まらなくても自業自得だ。曽根原先生にもそれがよく分かっているから、苦しげに眉を寄せる。

「また間違えたんかなぁ、俺」

弱音を吐かれても、莉歩にはなにも言えない。正しくはなかったかもしれないが、皆それぞれの思惑で生きている。

「ちょっと、いい？」

正面に座る曽根原先生の頭が傾いできた。腰に手を回され、引き寄せられる。干し草と脂が混ざったようなにおいが濃くなり、気づけば胸元に彼の重みがあった。

「ああ、柔らけぇ」

「ヤだ、なにしてるんですか！」

「ごめん、少しだけこうさせて」

「やめてください！」

薄手のブラウス越しに頬が押しつけられる。そこに性的な厭らしさはなく、癒しが欲しいだけなのは分かった。でも場所が場所だし、こういうのはもう困る。

「もう、触らないで」

曽根原先生を押し返しても、びくともしない。どうして男の人は、一度でも寝た女を自分のものと思いたがるんだろう。早く離れてほしくて、肩を平手で滅茶苦茶に叩く。

「ちょ、痛いって」

首をすくめて顔を上げ、先生はなにかに気づいたようだ。振り下ろされた莉歩の左手首を、難なく摑む。

「なに、これ」

その視線は、〇・二キャラットの輝きに吸い寄せられていた。左手の、薬指。それがただの指輪でないことは、見てすぐに分かる。

「結婚、するんです」

「は?」

曽根原先生から逃れたくて、身をよじる。だが五本の指はますます手首に食い込んでくる。

「え、誰と?」

「もちろん、彼氏です」

「より戻ったの?」

「そうです」

「俺とあんなに組んず解《ほぐ》れつしといて?」

嫌な言いかたをする。たぶん、わざとだ。

「あれはもう、忘れてください」

「マジかよ」

深いため息。それでもまだ先生は、莉歩から手を離さない。

「EDの浮気男だろ？　なんでまた」

「話したくありません」

「いやいや、俺のほうがマシじゃない？」

本気で言っているの？　莉歩は驚き、曽根原先生の目を見返した。

四十半ば、公立中学校のヒラ教師、バツイチ子持ち。背が高いところが取り柄と言えなくはないけれど、婚活市場での需要はさほど高くもなさそうだ。その条件で博之よりもマシだなんて、どの口が言うのだろう。

「先生は、無理です。親が喜ばない」

容赦のない現実を、突きつけてやる。言ってから、後悔した。曽根原先生の頰が、みるみるうちに引きつってゆく。こんな密室で、男の人を怒らせた。

「ほんっとひでぇな、あんた」

摑まれた手首がきりりと軋む。その痛みに莉歩は顔をしかめた。

逃げなきゃ。パイプ椅子を蹴って立ち上がる。だがすぐに引き戻されて、後ろから抱きすくめられた。

「いや、放して」

ブラウスの上から胸を摑まれる。痛い。力では敵わない。

「なんだよ、一ヵ月前はこれでアンアン言ってたろ」

「ヤだ、ヤだ！」

もう片方の手が、腰から鼠径部へと下りてゆく。手首が解放されたとたん、莉歩は必死に腕を振り回した。

「いてっ！」

肘に硬い衝撃が走り、拘束が緩む。身を翻してその腕から抜け出ると、曽根原先生はこめかみを手で押さえていた。

肩で息をしながら、睨み合う。スチールドアは、曽根原先生の背後にある。相手を出し抜かないと、そこまでは辿り着けない。

呼吸を計りながら、じりじりと重心を移動する。運動神経に自信はない。フェイントなんて、どうやったらかけられるのだろう。

曽根原先生の手が、おもむろに動く。それだけで莉歩はすくみ上がる。

「あー、萎《な》えた萎えた」

床に放り出された眼鏡を拾い、先生は投げやりに呟いた。ネクタイでレンズを拭きながら、背中を向ける。

「分かったよ、あんたにゃもう関わんねぇ。せいぜい幸せになりな」

未練を払うように、肩越しに手を振った。足を引きずるような歩きかたは、相変わらずだ。

スチールドアを大きく開けて、思い出したように振り返る。

「あ、浅倉のことなんか分かったら、俺じゃなくていいから、中村先生にでも伝えてくれな」

大きな音を立ててドアが閉まる。その勢いにだけ、怒気の名残が感じられた。

今さらながら足が震えてくる。怖かった。パイプ椅子に摑まって、莉歩はその場にずるずると座り込む。

「なんなのよ、もう」

震える拳で、パイプ椅子の座面を殴った。

一ヵ月もあれば、状況は変わる。先生からの誘いはすべて断っていたのだから、察しろというものだ。そんなに勘が悪い人じゃないのに、どうして？　私があなたに本気になるわけがないでしょう。

鼻から大きく息を吐き、体のこわばりを解く。次から次へと問題ばかりだ。今日は厄日かもしれない。

莉歩は左手の指輪を撫でて、立ち上がる。立ち眩《くら》みがして、軽くよろめいた。

——一ヵ月？

額に手を当て、眩暈をやり過ごしているうちに、ふいに疑問が湧いてくる。

たしかそう言った、曽根原先生は。

日にちを指折り数えてみる。そしてある事実に突き当たり、莉歩は目を見張った。

月経が、すでに二週間近く遅れている。

——嘘でしょ。

きっとなにかの間違いだ。手帳を見れば、正確な最終月経日が分かる。

室内を見回して、莉歩は思わず舌打ちをする。手帳が入っているバッグは、図書室のカウンターの下だ。

大丈夫、落ち着いて。不穏な胸の高鳴りを抑えながらふらふらと歩き、曽根原先生が閉めて行ったドアを開ける。

先生は、真っ直ぐに図書室を突っきって出て行ったらしい。その姿はどこにもなく、代わりにハードカバーを数冊抱えた夏服の少年が佇んでいた。莉歩はドアノブを握ったまま、呆然と立ちつくす。

いつからそこにいたのだろう。水鳥のように首を伸ばし、少年は困惑したような目を向けてくる。

五

「二本柳くん、来てたんだ？」

微笑みかけようとして、口元が引きつった。図書準備室の声は、どの程度聞こえるものだろう。パイプ椅子の音や悲鳴は、よく響きそうだ。

「どうしたんですか。さっき曽根原先生が、すごい勢いで出て行きましたけど」

「う、うん。なにか言ってた？」

「しゃがんで本を物色していたので、気づかずに行ってしまいました」

「そう」

二本柳くんはただ、曽根原先生の剣幕に驚いただけのようだ。人の話し声は、大量にある本が吸ってくれたのかもしれない。

「大丈夫ですか。顔、真っ青ですよ」

抱えていた本を机に置き、二本柳くんは流れるような動作で椅子を引く。座れというのだろう。緊張と緩和の連続で、さすがに神経がすりきれてきた。その厚意に、莉歩は「ありがとう」と甘える。

「浅倉に、なにかあったんですか？」

ああ、それは聞かれていたか。あのときは、たしかドアが開いていた。

椅子にもたれかかるようにして座り、莉歩は深刻ぶって視線を落とす。隠していても、いずれ分かることだ。

「実はね、浅倉さんが行方不明で——」

「えっ！」

この学校の生徒の中で、浅倉さんと一番仲がいいのはおそらく二本柳くんだ。よっぽど驚いたのか、冷静沈着な瞳が珍しく見開かれる。

「だよね、心配よね」

相槌を打ちながら、莉歩はカウンターの下にあるバッグに視線を走らせた。浅倉さんの行方より、今はそっちのほうが気がかりだった。会話を早く切り上げて、月経予定日の確認をしたい。

「——がたですよ」

「ん？」

自分のことで頭がいっぱいで、二本柳くんの発言を聞き逃した。

「新潟にいますよ。浅倉は」

「は？」

どうしてそれを、知っているの？

不用意な質問が、危うく飛び出しそうになった。息を呑む莉歩の前で、二本柳くんが学生服のズボンのポケットに手を突っ込む。取り出されたのは、スマホだった。

「持ってたの？」

「ええ、人並みには」

なんとなくイメージと合わないから、持っていないと思っていた。案外慣れた手つきで操作して、こちらに画面を突きつけてくる。

「これ、一昨日のＬＩＮＥです。新潟の胎内市ですね」

表示されていたのは莉歩に送られてきたのと同じ、車の中から撮った道路標識の写真だった。

「ＩＤ交換、してたの？」

「させられたんですよ」

自分がどんな顔をしているのか、さっぱり分からない。頬に触れてみても、感覚がやけに鈍かった。

「これって、家族旅行じゃなかったんですか？」

「そう、みたい」

「大変だ。僕ちょっと、行ってきます」

「どこへ？」

「職員室。曽根原先生、もう戻ってるかな」

「待って！」

反射的に二本柳くんの腕を摑んでいた。

車内から撮ったその写真は、浅倉さんの居場所だけじゃなく、失踪に事件性があることを物語っている。

これが明るみに出れば浅倉さんの捜査に力が入り、きっとすぐに保護されてしまうだろう。莉歩とのＬＩＮＥのやり取りは、まだ消されていないかもしれないのに。

「どうして止めるんですか」

二本柳くんが訝《いぶか》しげに首を傾げる。

そう問われても、上手い言い訳が見つからない。あたふたしている莉歩に、二本柳くんが追い打ちをかけてくる。

「先生だって、知っていたんでしょう？」

二本柳くんを引き止めていた手から、するりと力が抜けた。腕を解放されて、二本柳くんはＬＩＮＥのトーク履歴を上へと遡る。

佐渡金山、善光寺、黒部ダム、棚田——。どれも見覚えのある写真ばかり。ただ二本柳くんには端《はな》から相手にされないと思ったのか、自死をほのめかす書き込みはない。

『棚田、キレーでしょ』

『ん、キレーキレー』

『パイセン心がこもってないっすよぉ』

『他になにを言えと？』

『構ってください。リホちんに既読無視されてて寂しいんですぅ』

『そっか、その手があったか』

『パイセ〜ン！』

友達同士のようなやり取りの中に、莉歩の名前を見つけた。保身の意思が、心臓をぎゅっと引き絞る。

「違うの！」

どうしよう、二本柳くんに疑われている。浅倉さんを、見殺しにしようとしていたことを。

「私だってはじめは、家族旅行だと思ってたの」

「そうですよね。だってこれ、明らかに誰かと一緒ですし」

二本柳くんは白い頬をいっそう白くし、車の中から撮られた写真を指差した。

「ヤバくないですか？」

変声期を終えた低く澄んだ声が、じわりと莉歩を追い詰める。

「なのにどうして、止めるんですか」

頭で考えるより先に、二本柳くんの腕に巻きついていた。どんな手段を使っても、この子を黙らせてしまわなきゃ。幸いにも二本柳くんは、莉歩に好意を抱いている。

「あのね、よく聞いてほしいの」

不登校だった彼が図書室登校をできるまでになったのは、莉歩に魅力を感じたからだ。大人びて見えても、しょせんは中学三年生、従わせるのは容易だろう。

「浅倉さん、大学生の彼氏がいたでしょ？　あの人と一緒にいるんだって」

ちょうどいい嘘を思いついた。莉歩よりも背の高い二本柳くんの耳元に、伸び上がって囁く。豊満な胸は、意図しなくても彼の腕に押しつけられてしまう。

「お父さんに黙って出て行っちゃったから騒ぎになってるけど、大丈夫よ。ちゃんと帰ってくるよう、説得したから」

ワイシャツ越しの薄い筋肉が、緊張しているのが伝わる。女の柔らかさに包まれて、まともな判断能力を削がれるといい。大人の男だって惑わされるのだ。第二次性徴期真っ只中の子供なんて、簡単なはず。

莉歩はさらに、キスができそうな距離にまで顔を近づけた。

「下手に騒いだら、戻ってきづらいでしょう。だからほら、ここは私に任せて――」

「いや、普通にダメでしょう」

だが間近に見た二本柳くんの表情は、期待したものではなかった。顔色一つ変えず、侮蔑の滲んだ目で見下ろしてくる。

「あの、離れてもらえますか。気持ち悪いんで」

頭から、冷水を浴びせられたようだった。強い拒絶に驚いて、莉歩は彼から手を離す。よろりよろりと後退り、さっきまで自分が座っていた椅子に足を取られて、その上にストンと腰を落とした。

「なにをごまかしているんですか。都合の悪いことでもあるんですか？」

この男の子は、どうしてこんなに冷静なんだろう。鉱物のように美しい目が、莉歩の嘘を寄せつけない。

「そんなの、あるわけ――」

「僕は、あなたによく似ている人を知っています」

まるで穢《けが》れでも落とすように、二本柳くんは莉歩に巻きつかれていた腕を払った。

「その場しのぎの嘘も誘惑も、本当にそっくりで笑っちゃう」

その頬に刻まれた笑みは、どことなく自虐的だ。

一歩、二歩。距離が開いたぶんを、あちらから詰めてくる。逃げたいのに椅子に縛りつけられたようになって、莉歩は身動きが取れない。

「聞いてくれます？　昔の、家庭教師なんですけどね」

聞き覚えがある。二本柳くんのお母さんが話してくれた。名前はたしか、「葉月ちゃん」。彼女が家庭教師を辞めたショックで、二本柳くんは中学受験に失敗したのだ。

「好きだったんじゃないの？」

だから彼女の面影がある莉歩にも、好意を寄せていると信じていた。他愛ない誘惑に、なびいてくれるはずだった。

二本柳くんが首を振る。莉歩の真正面に、両手を握りしめて立っている。赤く濡れた唇が、呪いのような言葉を刻んだ。

「その人に僕、レイプされたんです」

お願い、誰か来て。重苦しい空気に耐えきれず、莉歩は第三者の介入を待ち望む。

二本柳くんは、ただ突っ立って喋っているだけだ。声を荒らげず、莉歩に危害を加える様子もない。それなのに気圧が急激に下がったような、ずんとした圧迫感がある。

誰かが図書を借りに来てくれたら、この重圧から逃れられるのに。

「柿谷先生、聞いてますか？」

相槌すら打たなくなった莉歩に向かって、二本柳くんは首を傾げる。

聞かされている。べつに聞きたくもないのに、一方的に。

家庭教師の「葉月ちゃん」は、大学教授である父親のゼミにいた、二十歳の女の子だった。週に二度、鼻にかかった甘い声で、分かりやすく勉強を教えてくれた。思春期に差し掛かった少年が憧れるのにうってつけな、清楚な外見をしていた。

「でも彼女本当は、僕の父が好きだったんです。その家庭を内側から掻き回してやりたくて、カテキョを引き受けたんですよ。母が買い物で留守になった隙に、『誰にも言っちゃダメよ』と犯されました」

どこかの空き教室から、調子外れのトランペットの音が聞こえる。外にはたしかに人の気配があるのに、この図書室だけがぽっかりと、離れ小島になってしまったかのようだ。

二本柳くんがなぜ、こんな告白をする気になったのか分からない。感情を交えずに淡々と喋るのが怖くて、手のひらが汗ばんでくる。

「先生、どうして黙っているんですか。さっきまでの勢いは？」

莉歩は自分の体を抱きしめる。シフォン素材の、ふわふわとしたブラウスが腕に纏わりついてくる。

「それ、本当の話なの？」

「こんな作り話をして、僕になんのメリットが？」

「だって男の子なのに、レイプだなんて」

「それね、親友だった奴に打ち明けたときも、『めちゃくちゃ羨ましい』って言われましたよ。女性に無理矢理迫られたとしても、男なら『ラッキー』と思わなきゃいけないんでしょうか」

小石でも飲まされたように、喉が鳴る。べつにそんなつもりで言ったわけじゃない。

「女性器なんて、もはや恐怖の対象でしかありません。僕はたぶん女性とは、一生つき合えないと思います」

そう断言した二本柳くんの目は、「俺はね、欠陥品なんだよ」と言ったときの博之の目と同じだった。この場を切り抜けることしか念頭にない莉歩は、それに気づかない。精一杯怯えた眼差しを二本柳くんに向け、同情を引こうと試みる。

「でも、そんな女の人ばかりじゃないよ。私だって、全然違う」

「そうですか？　戦闘力がなさそうな服を着て、弱々しげに振る舞って、相手が男なら子供にでも媚《こび》を売る。そっくりですよ」

「ひどい」

「被害者面しないでください。むしろさっきのは、僕のほうがセクハラ被害者です」

心底驚き、莉歩はこれ以上ないほど目を見開いた。それを言うなら男にだって、拒絶された女の虚しさが分かってたまるものか。二本柳くんこそ、自意識が強すぎる。

「曽根原先生に色仕掛けが通じたからって、他もそうとはかぎりませんからね」

「聞いてたの？」

「聞きたくもないのに、聞こえてきたんです」

それはまずい。曽根原先生との関係なんて、なにより明るみに出ては困るのだ。

「いったい、なにが望みなの？」

「べつになにも。ただ、自覚してほしいんです。あなたはとても邪悪だ。それだけを言いたくて、ずっと先生を見ていました」

「なによ、それ」

己の腕を掴んだ手が、情けないほど震えている。中学三年生の男の子に、精神が呑まれそうになっている。

廊下で女子生徒の笑い声がはじけ、肩にのしかかっていた重圧がふいに解けた。女の子たちの声は、くだらない冗談を言い合いながら近づいてくる。

二本柳くんが、ようやく莉歩から目を逸らした。

「じゃあ僕、浅倉の件を届けてきます。安心してください、先生の名前は出しませんから」

けっきょく目的も明かさぬまま、出しっぱなしの本すら片づけずに身を翻す。少年特有の伸びやかな背中が遠ざかってゆくのを、莉歩はぼんやりと見送った。

廊下の笑い声が、図書室を通過して奥の音楽室へと吸い込まれてゆく。全身が重だるい。目をつむり、椅子の背にぐったりと身を投げ出す。

なんだったの、あれは。まるでこじれた愛の告白だ。「葉月ちゃん」への思慕と恨みが、結晶化してこちらに向けられている。そんな気がする。

それってつまり、博之にとっての香澄さんだ。わざわざあんな話を聞かせて、二本柳くんは、私になにをさせたいんだろう。

「邪悪？　なんで、そうなるのよ」

気づけば一人、呟いていた。

そんなものとは、ずっと正反対に生きてきた。むしろ邪悪に脅かされる側である。

二本柳くんのことは、とてもいい子だと思っていたのに。こんな形で裏切られるなんて、あんまりだ。

どうして私はこんなにも、人から侮られてしまうのだろう。

気が重い。二本柳くんの卒業まで、あと半年以上もある。それまで毎日のように、図書室で顔を合わさなきゃいけないなんて。

早く、いなくなってくれないかな——。

莉歩は頭を振って立ち上がる。覚束ない足取りで貸出カウンターまで行き、下に置いてあったバッグから手帳を取り出した。

指先にまで倦怠感を覚えつつ、ページを繰る。毎月の月経開始日には、ハートのマークを描き入れている。

七月のページを開いた。きっちり二週間、月経が遅れていた。

六

浅倉さんはそれから三日後の朝、警察によって保護された。

ビジネスホテルのフロント係が、親子にも親戚にも見えない二人連れを怪しみ通報したのだという。行方不明者届が出ている浅倉さんの身元は、すぐに割れた。

浅倉さんと「りょーちん」の逃避行は、秋田で終わった。父親が迎えに行き、浅倉さんは横浜に連れ戻されたようだ。ただいたずらに周りを引っ掻き回しただけで、おめおめと生きて帰ってきた。

「りょーちん」がついていながら、なんて不甲斐ない。未成年者誘拐の容疑で逮捕されるくらいなら、思いきって死を選べばよかったのに。その決断力のなさが、彼を負け組にしたのだろう。

この場合、浅倉さんのスマホは警察に押収されるのだろうか。捜査状況を知りたくても、誰にも聞けない。莉歩の今の最善策は、自分から動き回らぬことだった。

浅倉さんとのＬＩＮＥのやり取りは、ＩＤごとすべて消した。彼女とはもう二度とコンタクトを取らない。浅倉さんのほうでも、履歴はすべて消してくれただろうか。

もし残っていた場合は、参考人として呼び出されるかもしれない。警察から、そして学校からも。

莉歩のやったことはきっと罪ではないが、問題にはなる。雇用期間内とはいっても、司書の契約は打ち切りになるかもしれない。教師でも正規の職員でもない、安い時給で使われている司書に、不登校の生徒や問題児を押しつけてきたのは学校だというのに。けっきょくのところ泣きを見るのは、立場の弱い人間だ。

いつ呼び出しがあるかとはらはらしていたせいで、数日で体重が三キロ落ちた。なにを食べても砂を噛んでいるように味がせず、大勢の大人に責められる夢を見て飛び起きたりもした。

夏休みの日数が削られてゆくごとに、胃の痛みが強くなった。そして最終日の朝にはついに、莉歩はソファから身を起こせなくなっていた。

「病院行ったほうがいいんじゃない？」

博之がテーブルに、胃薬と水を置く。このところ自分でもよく飲んでいる市販薬だ。むくんだ顔を近づけられると臓物が腐ったような口臭がして、莉歩はうっと息を詰めた。

「ありがとう。でも、大丈夫」

身じろぎをすると、胃が引き絞られるように痛い。体にタオルケットを巻きつけて、横になった姿勢のまま、薬に手を伸ばす。

「ひどいようなら、明日は仕事を休みなよ」

苦い粉薬を水で流し込む。まだ効きはじめるはずがないのに、博之の言葉で胃の痛みが少し和らいだ。

「朝飯はどうする？」

「いらない」

「そう。俺も、コーヒーだけでいいかな」

そりゃそうだろう。莉歩はうんざりして、レースのクッションに頭を沈める。

土日だった一昨日と昨日、博之はずっとスナック菓子を食べていた。キッチンのシンク周りには、ビールの空き缶が所狭しと並んでいる。平日は目覚まし通りに起き、営業マンらしい清潔感を保っていたのに、週末になるとまたこれに戻ってしまった。

金曜の夜から風呂にも入っていない。不摂生が嫌いだったくせに、そうすることで自分を痛めつけているようにも見える。週末だけで済んでいるうちは目をつむってもいいが、ことが平日に及ぶようなら、手綱を引き締め直さねばと思っていた。

「シャワー、浴びてくる」

博之が出勤のために風呂場に消えてくれ、莉歩はほっと息を吐く。まだ人目を気にする余裕はあるのだ。そのラインさえ越えなければ、彼を愛することができる。

「いてて」

気を緩めたとたん、胃の痛みに襲われた。薬がなかなか効いてくれない。

博之の言うように、明日は休んでしまおうか。

学校に、行きたくない。曽根原先生や二本柳くんに会いたくないし、浅倉さんだって何食わぬ顔で登校してくるかもしれない。問題が発覚して、偉い人たちから怒られるのも嫌だった。

明日も明後日も明々後日《しあさって》も、休んでしまえば嫌な目には遭わない。時給制だから休んだぶんだけお給料は下がるけど、博之のサポートがあれば大丈夫だ。そもそも稼ぎのいい男と結婚するっていうのに、どうして私はまだ働いているのだろう。

そうだ、このまま辞めてしまえばいいんだ。

幸いにも市販の妊娠検査薬を使った結果は陰性で、その後すぐ生理もきた。なんの憂いもなく博之のお嫁さんになれるのだから、もう悩まなくたっていい。

辞めよう！

そう決めたとたん、胃の痛みが面白いほど引いてゆく。思わず笑い出しそうになった。

博之がいれば、人生はなんて簡単だろう。一人じゃないって、素晴らしい！

風呂場からは間断なく、シャワーの水音が聞こえてくる。莉歩は横になったまま、未来の眩さに目を細めた。

ソファの上に身を起こし、博之がシャワーから戻ってくるのを待つ。

急にお腹が空いてきたが、今のところは我慢だ。まだしばらくは、弱々しいふりをしていたい。クッションを強く抱き、お腹が鳴らないように努める。

「あれ、起き上がって大丈夫？」

濡れ髪をタオルで拭きながら、博之がリビングに戻ってくる。髭を剃り、歯も磨いたようだ。目が充血している以外に、外見上の問題はない。

「うん、ちょっとだけ楽になったかも。薬、ありがとう」

莉歩は健気に微笑み、礼を言う。少し無理をしている感じが伝わればいい。

「ドライヤー貸してくれる？　俺の、調子が悪くて」

「えっ。うん、いいよ」

博之は莉歩のいるソファを素通りして、ピンクのチェストの前に膝をついた。具合が悪そうにしている婚約者よりも、濡れ髪が気になるのかと、莉歩はその背中を軽く睨む。

ドライヤーが入っている抽斗《ひきだし》は、一番下だ。でも博之には教えてやらない。そのくらいの意地悪なら、可愛いものだ。

「あのさ、博之」

「ん？」

「私たち、挙式は三月くらいって言ってたじゃない」

「うん、そうだね」

こちらに背を向けたまま、博之は真っ先にチェストの一番下の抽斗を開ける。いきなりのビンゴに、莉歩は焦った。ドライヤーを使い出したら、まともに話ができなくなる。

「でもさ、籍だけはもう入れちゃわない？」

「なんで？」

よかった、振り向いてくれた。莉歩は左手の婚約指輪をそっと撫でる。

「実は、言いにくいんだけどさ。先生の中に一人、ストーカーみたいな人がいてね」

ストーカーという言葉を聞いたとたんに、博之の形相が歪んだ。彼の正義感に触れたようだ。

「この間その人に、指輪を見られちゃって。なんだか思い込みで逆上してるんだよね。私、怖くって」

でまかせを口にしているうちに、本当にそう思えてきた。曽根原先生は身勝手な妄想を抱き、莉歩につきまとっていたのだ。図書準備室で襲われた場面が蘇り、嫌悪に身を震わせる。

「相手は、どういう立場の人？」

「社会科の、先生」

「ヒラ教師？」

「うん」

「なら、管理職に相談すれば？」

目頭に盛り上がりかけていた涙が止まった。

違う、具体的な解決策が聞きたいわけじゃない。「そんな卑怯な奴は許せない」と、発憤してくれるのを待っているのだ。「莉歩は俺が守る!」と、盛り上がってくれなきゃ計算が狂う。

「ええっと。あと、問題のある生徒にも言いがかりをつけられていて——」

「それもまずは、管理職に相談かな」

しれっとした顔で返されて、クッションを抱く手に力がこもる。繊細なレースがぶちぶちと、不穏な音を立てた。

どうしてなの。婚約者が怯えているのに、この人はなにも感じないのだろうか。

「どうしたの、莉歩。なにをそんなに焦ってるの」

それどころか博之は、こちらを試すように笑いかけてくる。

「もしかして、これと関係がある?」

そう言うと、チェストの二段目の抽斗を開け、リボンのついたポーチを取り出した。

「なんで?」

莉歩は愕然として呟く。

ポーチの中身は生理用品だ。トイレに置いておくのはまだ恥ずかしくて、そこに入れておいた。それから、あれが——。

博之は迷うことなくポーチを開けて、目当てのものを引っ張り出す。未使用の妊娠検査薬。二本セットのものを買い、余ったほうを取ってあった。いつか博之との赤ちゃんができたときに使えると、思ってしまったのがいけなかった。

「俺さ、自分の部屋にある物は、すべて把握しておきたいタイプなんだよね」

腹の底から、体ががくがくと震え出す。どうりでドライヤーを見つけるのが早かったはずだ。博之は前々から、莉歩の持ち物をチェックしていたのだ。

「なんでこんなものがあるんだろう。不思議だよね。俺と莉歩は、子供ができるようなことをしていないのに」

血の気が下がって眩暈がする。それでも莉歩は首を傾げ、「なんのこと？」と必死にとぼけた。

博之が、笑顔のまま距離を詰めてくる。手のひらで顔を摑まれて、「ヒッ！」と悲鳴が洩れた。

「正直に言いなよ。君、妊娠してるの？　それを俺に育てさせようとしてんの？」

口調は穏やかだが、頰に食い込む爪が痛い。涙が勝手に溢れてきた。莉歩は金魚のように口をパクパクさせて、辛うじて「ひて、まへん」と答える。

「本当に？」

問われて目だけで頷き返す。久しぶりの、この感じ。男の人なんてはじめは優しくても、ひと皮剝けば支配欲の塊だ。小柄で御しやすい莉歩の体を、力で制圧しようとする。

だが博之は、それ以上莉歩に触れなかった。あっさりと手を離し、膝の上に妊娠検査薬を投げ落とす。

「じゃあ、証明してよ」

恐る恐る、博之を見上げる。彼の歪んだ笑みは、生気に満ちている。この人は、どうしてこんなに嬉しそうなんだろう。

「だから、してないって。生理もきたし」

「うるせぇんだよ。いいからやれって」

博之のものとは思えない、荒々しい言い回し。しかたなく、妊娠検査薬を手に取った。

「分かった」

陰性と分かれば、気が済むだろう。莉歩はじくじくと泣きながら立ち上がり、トイレに向かう。

個室に入り、ドアを閉めようとしたところで、後ろからついてきた博之に阻止された。

「ちょっと、ヤだ！」

「不正があっちゃいけないからね」

「しないよ、そんなの」

「信じられない」

ドアを開け放したまま、腕を組んで立ち塞がる。まさか博之の目の前で、オシッコをしろっていうの？

「早くやれよ！」

怒号が飛び、膝が震える。莉歩はうつむいたままショートパンツとショーツを下ろし、便座に腰掛けた。

うっ、うっ、うっ、うっ。しゃくり上げる莉歩の手から、博之が妊娠検査薬を取り上げる。箱を開け、その中身を頬に押しつけてきた。外箱の記載に目を通しながら、顎先で「やれ」ともう一度命じる。

莉歩は覚束ない手でキャップを開け、検査薬のスティックを股間に近づけた。あとはここに尿をかけるだけ。でも、出そうにない。

「見られてると、出ません」

博之は、出るまで待つつもりのようだ。ドア枠にもたれ、髪を振り乱して泣く莉歩を冷たく見下ろしてくる。

「相手の男は、どんな奴？」

目をつむったまま、首を振る。

「それじゃあ分かんねぇだろうが！」

ドン！　壁を拳で殴られて、莉歩はびくりと飛び上がった。

「無理矢理、だったの」

かすれる声を絞り出す。めいっぱい同情を引こうと、涙に濡れた顔を上げた。

「相談ごと、してただけ。でもお酒を飲まされて――」

「ふぅん」

莉歩の涙ながらの訴えに対し、その相槌はあまりに軽い。びっくりして、少しだけ尿が出た。

「なんだっていいんだけどさ、他の男とするんなら、避妊だけは頑張ってくれないかな。他人の子を育てさせられるのだけは、我慢できない」

驚きのあまり、嗚咽が止まった。博之はそんな莉歩を指差して、「なんて顔してんの」と笑う。

「俺だって、結婚はしておきたいんだ。母からの催促は年々うるさくなるし、人並みに子供も欲しいしね。君はとても、都合がよかった」

莉歩の弱みを手に入れた代わりに、本音をさらけ出してくる。さっきまでの怠惰な男はどこに行ったのか、目尻にじわりと色気が滲む。

「でもまさか、ここまで暴走されるとは思わなかったよ。君を逃すまいとして、愛してるふりなんかしたのが悪かったのかな」

自信に満ちた博之が戻ってきた。莉歩が握っていたはずの手綱はもうない。その代わり、今度はこちらが蜘蛛の巣にかかったようだ。眼球の動きまで支配され、博之から目が離せない。

「はじめからちゃんと、ルールを決めておけばよかったね。俺ができないぶん、セックスは外で済ましてきてもいいって。本当は君、セックス大好きだもんね」

そんなことないと、反論する余裕もない。今まで見てきたどの瞬間よりも、博之は美しかった。

「だから、セルフシリンジ法は受け入れてよね。俺、いいパパになるからさ」

瞬きすらできない瞳から、新たな涙が溢れ出す。安堵、この感情は、それに近い。

「結婚、できるんですか」

「そうだね。検査薬の結果が陰性なら、すぐにでも婚姻届を出しに行ったっていい」

博之が可笑《おか》しそうに目を細める。だが莉歩はもう、彼の表情など見ていなかった。

すべては結婚だ。博之と結婚できれば、どんな嫌なことからも逃げきれる。人は羨み、親は喜び、待っているのは悠々自適の奥様ライフ。それ以外に、なにを望むというの。

勝った。これでもう、私の人生は安泰だ。

逸る気持ちを抑え、莉歩は検査スティックにキャップを被せた。

じりじりと、判定窓に結果が浮かび上がるのを待つ。

尿のついたその手に、幸福が舞い降りる瞬間を。

解　説

美輪和音

　坂井希久子が描くドロッドロの世界へようこそ！

「居酒屋ぜんや」シリーズや『ヒーローインタビュー』（共にハルキ文庫）など、人情小説やスポーツ小説を読んで彼女のファンになった方々は面食らわれた（る）かもしれません。

　確かに坂井希久子が紡ぐハートウォーミングな物語は、ぜんやのお妙さんが作る料理のように絶品です。しかし、クセの強い彼女の恋愛小説も、一度口にしたらまた食べたいと体が欲してしまう中毒性の高い危険な代物なのです。

　坂井希久子と私の縁の始まりは、プロ作家の養成を目的とする「山村正夫記念小説講座」でした。彼女はＳＭクラブで働いていることを明るく公言していて、山村正夫先生の遺志を継いで塾長を務めている森村誠一先生からも「女王」と呼ばれていました。

現在はこの山村教室からデビューを果たした女性作家六人、坂井希久子の他に、電撃小説大賞〈メディアワークス文庫賞〉を受賞した成田名璃子、大藪春彦新人賞受賞の西尾潤、松本清張賞受賞、千葉ともこ、『このミステリーがすごい！』大賞大賞受賞、新川帆立と私で「ケルンの会」を結成し、活動させてもらっています。

デビュー前から頭抜けて巧かったので、坂井希久子が二〇〇八年にオール讀物新人賞を受賞したときよりも、受賞作を収録した短編集『コイカツ—恋活』（文藝春秋・文庫化に伴い『こじれたふたり』に改題）を読んだときの衝撃のほうが大きかったような気がします。

寄生虫をお腹で飼う彼との恋愛を綴った受賞作「虫のいどころ」はもちろん、小さな生き物が踏みつぶされる瞬間にしか性的興奮を得られない大学教授との関係を描いた「かげろう稲妻水の月」が、もうたまらなく良くて……。

今、顔を顰《しか》めたあなた、騙されたと思ってぜひ読んでいただきたい。グロテスクとしか思えない素材を扱いながらも描写は清潔で、深い余韻を残す傑作です。

その大学教授のように偏った嗜好の解説者が薦めるものなどごめんだと、未読の方に本を置かれては困るので、少し違うお話を。

やはり坂井希久子が恋愛を描いた短編集『崖っぷちの鞠子』（光文社文庫）の解説で、小池真理子先生は「解説」はあくまで「作品の解説」が書かれなくてはならないと前置きしながら、初対面の坂井希久子に乳房をわしづかみにされたエピソードをお書きになっています。信じられないと思いますが、彼女は小池先生だけでなく、篠田節子先生にも同じことをしました。そして、なにを隠そう、この私も被害者のひとりです。

飲み会のあと、ほろ酔いで歩いていたら、「美輪さんにセクハラしたろ」と、笑顔で突然、むんずと尻をつかまれました。

そのとき、私は小池先生と同様に、これは親愛と友情を込めた坂井希久子ならではの挨拶に違いないと感動し、思わずハグしたくなったのです。

坂井希久子は作品だけでなく、本人もまたえらく面白い。興味深い美点は多々あるけれど、私が一番驚かされたのは、彼女の懐の深さです。

たとえば、避けたくなるくらい問題のある人物がいたとしても、坂井希久子はその問題は口にすれども、否定や拒絶はまずしません。「そういうとこやぞ」と面白がりながら、目を細めて観察を続けるでしょう。女王様は変態さを認めてあげるのが仕事だから優しくないとできないそうで、そうした彼女の懐の深さと鋭敏な観察眼が、坂井希久子にしか書けない物語を生み出していると思うのです。

《私もあんまり好きじゃないから、大丈夫です》

興味を引くこの莉歩のセリフで『愛と追憶の泥濘』第一章は幕を開けます。

ライトアップされた横浜赤レンガ倉庫を背景に、目の前には《笑顔は爽やかなのに、真顔になると目元に荒《すさ》んだような色気が滲《にじ》む》高スペックなイケメン、博之がいる。

これは二十七歳の莉歩が、はじめて自分からアプローチした六歳年上の王子様、博之にEDであると告げられ、とっさに口にした言葉です。

なんとか交際にこぎつけ、莉歩は有頂天になりますが、たとえEDでもそそる体を持つ私となら……という彼女の驕りは、反応を示さない博之の股間に打ち砕かれてしまいます。

中学校の図書室で非常勤司書として働く莉歩の周りには、四十代の無気力な手抜き教師、曽根原や成績優秀なのに図書室登校をしている二本柳くん、莉歩と同じようにロリ好きに好まれる容姿を持った危うい女子中学生、浅倉など、それぞれになにかを抱えた、興味をそそられる面々がいて、彼らとの関わりから莉歩がどういう人間なのか徐々に浮かび上がってきます。

個性的で厚みのある鮮やかな人物造形も、坂井作品の魅力のひとつです。

博之との結婚話が進み、一時は幸せな気持ちに満たされるも、莉歩の体は満たされないまま。子供が欲しいという博之に、それならとED治療を勧めても応じてもらえず、セルフシリンジ法を持ち出される始末。そして、莉歩は思うのです。

《どうして私の体はこんなにないがしろにされているんだろう》と。

《誰かをひどく、傷つけたい気持ちになっていた。できればどうでもいい男の人を。男に傷つけられてきた自分には、その権利があるはずだ》

やがて、莉歩は博之がひた隠しにしてきた秘密が詰まった玉手箱を開けてしまい、衝撃を受けるのですが、この誰かを傷つけたいという莉歩の身勝手な感情が、彼女を苦しめている問題――博之を歪めた過去――の根にも通じているのがとても興味深い。

結婚というゴールへ向かっていたはずが、物語は二転三転し、あれ？　これって恋愛小説だよね？　イヤミスとかホラーじゃないよね？　と誰かに確認したくなるような展開に。自己愛の強さや狡《ずる》さなど、莉歩の本性が次第に剝き出しになっていき、その浅はかさに呆れながらも、ふと自分の中にある莉歩に似た部分に気づいてぞくりとしたときにはもう、坂井希久子がしかけた泥濘にずぶずぶハマって、抜け出せなくなっているはずです。

二本柳くんが最後に彼女に突きつける言葉が、莉歩という人間を端的に表していますが、ここで書くことは控えます。指摘されても、莉歩はそれを理解できないし、この先も自覚することなく、自分は被害者だと嘆きながら、たくましく生きていくことでしょう。ただの〇〇ではなく、無自覚な〇〇なので、よりタチが悪く、罪深い。

単行本時の帯の惹句は、『いったい誰がまっとうなのか？』でしたが、まっとうであることに、坂井希久子の興味はないはずです。彼女が面白がり、目を細め、鋭い観察眼と深い懐で見つめるのは、まさにここで描かれているような、まっとうから微妙に外れた人たちなのですから。

人間は愚かで、醜い。だからこそ、面白くて、愛おしい。

読み始めたら途中でやめられず、その面白さに一気に最後まで運ばれてしまったことと思いますが、できればもう一度、冒頭に戻っていただけますか。

先ほど紹介した莉歩のセリフは第一章の始まりで、それより前にひとりの少年の置かれた状況が、彼の不安が、恐怖が、静かな筆致で綴られています。

この一級のエンターテイメント小説の中に坂井希久子が潜ませたひとつの重いテーマについても、今一度思いを巡らせていただけたら嬉しいです。

面白いだけでは終わらないのも、坂井作品の魅力のひとつですから。

のっけから新人離れした才気迸《ほとばし》る小説を刊行した坂井希久子は、その後も幅広いジャンルで質の高い作品を世に送り出し続けてきました。二〇二一年も快進撃は止まらず、戦前の女学生の百合を描いた谷崎愛溢れる『花は散っても』（中央公論新社）、おじさんを憑依させておじさんの悲哀を綴った連作短編集『雨の日は、一回休み』（ＰＨＰ研究所）、昔懐かしい百貨店の大食堂を舞台にした痛快で美味しい奮闘記『たそがれ大食堂』（双葉社）、江戸のカラーコーディネーターが色で難題を解決する『江戸彩り見立て帖　色にいでにけり』（文春文庫）、そして、待ってましたの居酒屋ぜんや新シリーズ『すみれ飴　花暦　居酒屋ぜんや』（ハルキ文庫）などなど、良い素材を腕のいい料理人が調理したら面白くならないわけがないというラインナップで、さらなる進化を見せてくれています。

彼女の実力なら、近い将来、きっと大きな賞を手にすることでしょう。

そのときは、「昔、坂井希久子にお尻触られたことがあってさ」と自慢したいと思います。

――作家

この作品は二〇一九年七月小社より刊行されたものです。